嘴巴匀称,柔唇优雅地微启时,便露出一口乳白色的皓齿……

法国插画师玛丽·洛朗森(Marie Laurencin)绘

"茶花女"

我第一次与她邂逅,是在交易所广场絮斯商店的门口。
一辆敞篷四轮马车停在那里……

她变样了，我在她的嘴唇上再也看不到那种淡漠的微笑。

目光随着每个音符移动，她低声吟唱着。

玛格丽特走出了梳妆室,妩媚地戴着一顶睡帽……

这天晚上她美若天仙。

她像往常的习惯那样,走去坐在炉火前的地毯上,若有所思地望着炉火。

有些日子,她就像十岁的女孩子那样,
在花园里追逐一只蝴蝶或一只蜻蜓。

……玛格丽特宁死也不愿意自始至终委曲求全,接受这种双重生活。

玛格丽特在窗口等候我。

经过我身旁的时候,她的脸变得煞白,
一个神经质的笑容扭曲了她的嘴唇。

后浪 | 插图珍藏版

茶花女

LA DAME AUX CAMÉLIAS

Alexandre Dumas fils
[法]亚历山大·小仲马 著

[法]保罗·加瓦尼
[法]玛丽·洛朗森 绘

郑克鲁 译

江苏凤凰文艺出版社
JIANGSU PHOENIX LITERATURE AND
ART PUBLISHING

图书在版编目（CIP）数据

茶花女：插图珍藏版/（法）亚历山大·小仲马著；
（法）保罗·加瓦尼,（法）玛丽·洛朗森绘；郑克鲁译
. -- 南京：江苏凤凰文艺出版社, 2024.8（2025.4 重印）
ISBN 978-7-5594-8694-3

Ⅰ.①茶… Ⅱ.①亚…②保…③玛…④郑… Ⅲ.
①《茶花女》 Ⅳ.① I565.44

中国国家版本馆 CIP 数据核字 (2024) 第 108427 号

茶花女（插图珍藏版）

[法] 亚历山大·小仲马　著　　[法] 保罗·加瓦尼　玛丽·洛朗森　绘　郑克鲁　译

编辑统筹	尚　飞
责任编辑	曹　波
特约编辑	袁艺舒
装帧设计	墨白空间·李易
内文排版	文明娟
出版发行	江苏凤凰文艺出版社
	南京市中央路 165 号，邮编：210009
网　　址	http://www.jswenyi.com
印　　刷	河北中科印刷科技发展有限公司
开　　本	880 毫米 ×1230 毫米　1/32
印　　张	13
字　　数	180 千字
版　　次	2024 年 8 月第 1 版
印　　次	2025 年 4 月第 3 次印刷
书　　号	ISBN 978-7-5594-8694-3
定　　价	88.00 元

江苏凤凰文艺版图书凡印刷、装订错误，可向出版社调换，联系电话 025－83280257

玛格丽特·戈蒂埃

法国插画师保罗·加瓦尼(Paul Gavarni)绘

译　序

　　古往今来，描绘妓女悲欢离合的爱情故事不胜枚举，唯独《茶花女》获得了世界声誉，在亿万读者中流传。这部小说自一八四八年发表后，即获得巨大成功。小仲马于一八五二年将其改编成剧本上演，再次引起轰动，人人交口称赞。意大利著名作曲家威尔第于一八五三年把它改编成歌剧，歌剧《茶花女》风靡一时，流行欧美，乃至世界各国，成为世界著名歌剧之一。《茶花女》的影响由此进一步扩大。从小说到剧本再到歌剧，三者都有不朽的艺术价值，这恐怕是世界上独一无二的文艺现象。

　　饶有兴味的是，《茶花女》在我国是第一部被翻译过来的外国小说。近代著名的翻译家林纾于一八九八年译出这本小说,以《茶花女遗事》为名发表,开创了近代的翻译文学史。林纾选取了《茶花女》作为第一部译作发表,绝不是偶然的。这至少是因为,在十九世纪末,《茶花女》在欧美各国已获得盛誉,使千千万万读者和观众一掬同情之泪。这一传奇色彩极浓的作品不仅以情动人,而且篇幅不大,完全适合不懂外文的林纾介绍到中国来。况且,描写妓女的小说和戏曲在中国古已有之,但似乎没有一部写得如此声情并茂,人物内心的感情抒发得如此充沛奔放,对读者的感染力如此之强,因此,《茶花女》的翻译也必然会获得令人耳目一新的魅力和效果。近一个世纪以来,这本小说在我国受到的热烈欢迎,充分证明了这一点。

小仲马的身世和经历同《茶花女》的产生有直接关系。小仲马是个私生子。他的父亲是《基督山伯爵》《三个火枪手》的作者大仲马。十九世纪二十年代初,大仲马尚未成名,他在德·奥尔良公爵那里担任秘书,同时写作剧本。他住在意大利广场的一间陋屋里,他的邻居是个漂亮的洗衣女工,名叫卡特琳娜·拉贝。她已经三十岁,但大仲马只有二十一岁,两人来往密切。一八二四年七月二十七日,小仲马诞生，但是孩子出生登记册上"没有父亲姓名"。大仲马给儿子起了名，不过直到一八三一年才承认小仲马。小仲马的童年过得并不幸福，据他后来回忆，大仲马在房里写作，小仲马由于长牙不舒服，大叫大嚷；大仲马提起孩子，扔在房间的另一头。他的母亲把孩子保护起来，才使小仲马少受许多打骂，后来小仲马在他的作品中这样写道："母爱就是女人的爱国心。"这句话表达了他对母亲的感激之情。大仲马承认儿子之后，由法院判决，把儿子送到寄宿学校。他的同学们辱骂他为私生子，洗衣女工的儿子，有受人供养的母亲、没有父亲的孩子，黑人面孔（按：他的曾祖母是黑人，他本人皮肤黝黑，头发卷曲，有黑人特征），一文不名，等等。不过，由于大仲马，他从小就踏入了戏剧界和文人聚集的咖啡馆，认识了钢琴家李斯特、诗人兼戏剧家缪塞、巴尔扎克等名人。耳濡目染，培养了小仲马的文学兴趣，这对他后来选择的道路不无影响。

　　大仲马一向过着浪荡生活，小仲马对父亲颇有微词。可是，大仲马幽默地说："他真心实意地嘲笑我，但他也真心实意地爱我……我们不时地发生争吵：那一天，我买了一头小牛,我把他养肥了。"大仲马的言传身教对小仲马还是起了潜移默化的作用。从一八四二年起,他脱离父亲,过起独立的生活。他寻找情妇,追逐姑娘。一天,他看到一个神秘的女郎,她一身穿白,头戴意大利草帽,地点是在离沃德维尔剧场不远的交易所广场上。她的名字叫玛丽·迪普莱西,真名为阿尔丰西娜·普莱西。她对富人和社会名流的自由不羁的态度,她散发的光彩和神秘气息,给小仲马留下了深刻印象。一八四四年的一个晚上,小仲马又在杂耍剧院遇到她,她由一个老富翁德·斯塔凯贝格陪伴着。很快小仲马就成为她的情人,他为她负上了债。在小仲马成年那一天,他的债务高达五万法郎,在当时,这是一笔巨款,尤其他没有任何接受遗产的机会。一八四五年夏天,小仲马和玛丽·迪普莱西发生争吵,断绝了来往。玛丽找上了李斯特。小仲马为了忘却旧情,埋头创作,由大仲马出资发表了诗集《青春之罪》,在这之前他还写了一本小说《四个女人和一只鹦鹉的故事》。一八四六年二月,玛丽·迪普莱西到伦敦,秘密嫁给德·佩雷戈伯爵,但她的身体已经非常虚弱,不得不到巴登—巴登去疗养。而大仲马父子则到西班牙的加地斯去旅行。玛丽于一八四七年二月三日病逝于巴黎，时年二十三岁。德·斯塔凯贝格伯爵和德·佩雷戈伯爵给她扶灵，送到蒙马特尔公墓，她的棺柩上撒满了茶花。二月十日，小仲马在南方的马赛得知了噩耗。他回来以后躲在圣日耳曼的白马客栈里，花了一个月的工夫，一气写成了《茶花女》。无疑，玛丽·迪普莱西就是小说女主人公的生活原型。

由于这部小说获得意料不到的成功，在此后的三年中，小仲马又接二连三地写出十来部小说，其中有：《塞查丽娜》(1848)、《塞尔旺医生》(1849)、《棕红头发的特里斯唐》(1850)、《百合女神》(1851)、《缪斯泰尔摄政》(1852)等，都没有得到期待的反响。在他父亲的熟人的建议下，他转向了戏剧。他首先将《茶花女》改编成剧本，但是当时的内政部长认为此剧太不道德，禁止上演。经过一番斡旋，一八五二年二月十日,《茶花女》获准上演。大仲马此时流亡在布鲁塞尔，小仲马给他发去报喜的电报："巨大成功，以致我以为看到了你的一部作品的首演。"大仲马欣喜地复电说："我最好的作品就是你，我的孩子。"后来，有人问起大仲马是否参与了《茶花女》的写作，他仍然诙谐地回答说："当然啰，我创造了作者。"《茶花女》被认为是开创了"风俗剧"。小仲马随后写出了《半上流社会》(1855)、《金钱问题》(1857)、《私生子》(1858)、《挥霍的父亲》(1859)。小仲马十分关注社会问题，以道德家的面目出现。他的剧作虽然对社会的罪恶和黑暗批判得不够深刻，但多少触及一些社会弊病，因此他成为当时最重要的剧作家之一。

然而，小仲马的地位还是与《茶花女》紧密相连。亨利·巴塔伊认为："茶花女将是我们的世纪之女，就像玛侬是十八世纪之女一样。"[1] 左拉指出："小仲马先生给我们再现的不是日常生活的一角，而是富有哲理意味的狂欢节……只有《茶花女》是永存的。"[2] 龚古尔在日记中写道："小仲马拥有出色的才华：他擅长向读者谈论缝纫工厂的女工头、妓女、有劣迹阶层的男女。他是他们的诗人，他用的是他们理解的语言，把他们心中的老生常谈理想化。"[3] 连列夫·托尔

---

[1] 转自《茶花女》第347页，巴黎袖珍丛书版，一九九一年。
[2] 左拉：《接受小仲马先生入学士院的演说词》《文学材料集》第466—467页，巴黎沙邦蒂埃图书馆出版，一九六二年。
[3] 《茶花女》第349页，巴黎袖珍丛书版，一九九一年。

斯泰也十分欣赏小仲马："小仲马先生不属于任何派别，不信仰任何宗教；他对过去和现在的迷信都不太偏好，正因如此，他进行观察、思索，他不仅看到现在，而且看到未来。"[1] 上述作家从不同角度指出了小仲马的人生态度，作品内容和艺术倾向，这些方面特别鲜明地体现在《茶花女》中。

小仲马并没有对资本主义社会的丑恶现象做出深刻的揭露，《茶花女》也不以批判深刻而见长。法国评论家雅克·沃特兰从两方面分析了《茶花女》的成功奥秘，他指出：第一，"这部小说如此突出的反响，必须同时从一个女子肖像的真实和一个男子爱情的逼真中，寻找深刻的根由；"第二，"这位小说家通过行文的简洁和不事雕琢，获得叙述的逼真。"[2] 他的见解是十分剀切的，不过还不够全面。

毫无疑问，《茶花女》是部爱情小说。应该说，它从生活中来，又经过了作者的提炼，比生活来得更高，或者说被作者诗意化了。在作者笔下，男女主人公都有真挚的爱情。

---

[1] 《作家词典》第二卷第 70 页，罗贝—拉封出版社，一九五二年。
[2] 转自《茶花女》第 341 页，巴黎袖珍丛书版，一九九一年。

一个甘于牺牲自己向往的豪华生活，处处替情人着想，不肯多花情人一分钱，宁愿卖掉自己的马车、首饰、披巾，也不愿情人去借债，甚至面对是要自己的幸福还是替情人的前途着想，替情人妹妹的婚事考虑时，她毅然决然地牺牲自己，成全情人。作者通过人物感叹道："她像最高尚的女人一样冰清玉洁。别人有多么贪婪，她就有多么无私。"又说："真正的爱情总是使人变得美好，不管激起这种爱情的女人是什么样的人。"作者高度赞美了玛格丽特的爱情。另一个则一见钟情，听不进任何人的劝阻，哪怕倾家荡产也在所不惜，又暗中将母亲给他的遗产赠送给情人。此外，他强烈的嫉妒心也是他的爱情的深切表现，直至情人死后埋入地下，他仍然设法将她挖掘出来，见上最后一面。他的爱情到了无以复加的地步。值得注意的是，玛格丽特尤其看中阿尔芒的真诚和同情心。她对他说："因为你看到我咯血时握住了我的手，因为你哭泣了，因为世间只有你真正同情我，"而且，"您爱我是为了我，不是为了您自己，而别人爱我从来只是为了他们自己。"这样写，一个妓女信任和迷恋一个男子就毫不牵强附会了，他们的爱情不仅有了可靠的基础，而且真实可信。

比较而言，玛格丽特是更为丰满的形象。一方面，小仲马并不忌讳她身上的妓女习性：爱过豪华、放荡的生活，经常狂饮滥喝，羡慕漂亮衣衫、马车和钻石，因而愿意往火坑里跳。另一方面，小仲马深入到这类人物的内心，认为玛格丽特自暴自弃是"一种忘却现实的需要"，她过寻欢作乐的生活是不打算治好她的肺病，以便快些舍弃人生。但她对社会也有反抗，例如她喜欢戏弄初次见面的人，因为"她们不得不忍受每天跟她们见面的人的侮辱，这无疑是对那些侮辱的一种报复"。她还愤愤不平地说："我们不再属于自己，我们不再是人，而是物。他们讲自尊心的时候，我们排在前面，要他们尊敬的时候，我们却降到末座。"这是对妓女悲惨命运的血泪控诉。尽管她为了维持浩大的开销，需要同三四个大贵族来往，但是她仍然有所选择，例如对待德·N伯爵就是坚决推拒的，表现得非常粗暴和不留情面。因此，阿尔芒认为在这个女人身上有着某些单纯的东西，她"虽然过着放纵的生活，但仍然保持纯真"，"这个妓女很容易又会成为最多情、最纯洁的处女。"归根结底，巴黎生活燃烧不起她的热情，反而使她厌倦，因此，她一直想寻找真正的爱情归宿。总之，玛格丽特的复杂心理写得极其合乎情理。对于这种受侮辱受损害的人，作者要求人们给予无限宽容，自然也能够得到读者的共鸣。小仲马匠心独运之处还在于他描写女主人公死后，社会舆论对这类妓女的态度。他通过公墓的园丁揭露那些正人君子的丑恶嘴脸。"他们在亲人的墓碑上写得悲痛万分，却从来不流眼泪。"他们不愿看到亲人旁边埋着一个妓女！更可恨的是那些买卖人，他们本来在玛格丽特的卖笑生涯中搞过投机，在她身上大赚了一笔；在她临终时，他们拿了贴着印花的借据来纠缠不休，要她还债。她死后他们马上来催收账款和利息，急于拍卖她的物品。玛格丽特生前红得发紫，身后却非常寂寞："这些女人讲究的生活越是引起街谈巷议，她们的过世便越是无声无息。"这些笔墨非但不是赘写，反而是最切实的风俗描绘，是这部爱情小说不可多得的神来之笔。

阿尔芒·迪瓦尔的形象也写得相当真实、生动。首先，在人物的名字上，小仲马颇费了一番心思：仲马（Dumas）和迪瓦尔（Duval），亚历山大（Alexandre）和阿尔芒（Armand）

的第一个字母都是相同的。作者似乎要表明男主人公和自己的经历既有相同之处，又有某些区别。迪瓦尔的爱冲动、豪爽、毫无保留，甚至提出令人难以忍受的要求，嫉妒、庸俗举动、动辄易怒，及其带来严重后果、不假思索的行为，这一切都在于加强效果，却把一个涉世未深的热血青年写得活灵活现。还有阿尔芒爱流泪，这也同当时的风气十分吻合。这种男性的软弱还表现在他受不了玛格丽特去世的打击，悲痛得病倒。这与玛格丽特死前的大胆自我剖白恰成对照，显得未免可笑，但却是真实的。

在次要人物中，阿尔芒·迪瓦尔的父亲和普吕珰丝值得一提。迪瓦尔先生体现了当时的资产阶级道德观念。他认为儿子走入了歧途，作为父亲，有责任去挽救他。而且儿子的行为已经直接影响到他女儿的出嫁，问题变得特别严重，刻不容缓地需要妥善解决。他显然不是庸碌无能之辈，这从他谋得了C城总税务长的职务就可以看出。他比儿子老练得多，在严词开导儿子未获成功之后，他改变了策略。他采用调虎离山计，把儿子支开，单独跟玛格丽特交谈，晓之以利害："你们两人套上了一条锁链，你们怎样也砸不碎……我儿子的前程被断送了。一个女孩子的前途掌握在你手里，可她丝毫没有伤害过您。"这番话句句"在理"，使玛格丽特无法坚持己见。应该指出，小仲马并没有把他当作反面人物来描写，小说反复写到"他为人正直，遐迩闻名……是天底下最值得尊敬的人。"因为任何一个资产阶级家庭做长辈的，都会像迪瓦尔先生一样行动。但是，小仲马遵循现实主义的原则，将迪瓦尔先生的务实写到近乎冷酷的程度，跟他儿子阿尔芒的热情、冲动、不计利害关系形成强烈的对照。此外，迪瓦尔先生认为妓女是没有心肝、没有理智的人，是一种榨钱机器，这种看法与阿尔芒的见解大相径庭。小仲马的褒贬在不言之中，要由读者自己去判断。

至于普吕珰丝，这个昔日的妓女，如今是时装店老板娘，她也是女主人公的陪衬人物。小仲马对她的贬斥则是显而易见的。她由于人老珠黄，已不能出卖色相，便攀附正在发红的妓女，从中谋利。她对玛格丽特的友谊到了奴颜婢膝的地步，但她每做一件事都要收取酬金。她表面上在开导阿尔芒不要独占玛格丽特，说得头头是道，实际上她是担心玛格丽特从此失去公爵和德·N伯爵的接济，也就断送了她自己的财路。待到玛格丽特奄奄一息的时候，她便毫不留情地离开了玛格丽特。小仲马还写她不放过机会去调情。凡此种种，都写出了她与玛格丽特有云泥之别，不是同一类人物。

从结构上来说，《茶花女》写得环环紧扣，衔接自然。作者采用倒叙的形式，用第一人称去写这个爱情故事。男女主人公的相遇、爱情的产生写得一波三折，突变的到来安排合理。悲剧来临之前的交恶再起波澜。故事写得并不单调，但是正如小说中所写的，细节朴实无华，发展过程单纯自然，这是《茶花女》最明显的艺术特点。小说几乎没有枝蔓，写得十分紧凑，这更加强了它的朴实的优点。

此外，在人物外形的描绘上，小仲马也相当老到。他是这样介绍玛格丽特的：

>在一张艳若桃李的鹅蛋脸上，嵌着两只黑眼睛，黛眉弯弯，活像画就一般；这双眼睛罩上了浓密的睫毛，当睫毛低垂的时候，仿佛在艳红的脸颊上投下了阴影；鼻子细巧、挺秀，充满灵气，由于对肉欲生活的强烈渴望，鼻翼有点向外张开；嘴巴

匀称，柔唇优雅地微启时，便露出一口乳白色的皓齿；皮肤上有一层绒毛而显出颜色，犹如未经人的手触摸过的桃子上的绒衣一样。

小仲马的观察细致，描写准确。一个耽于肉欲和享乐生活的妓女的面孔跃然纸上。这段描写表现出一个烟花女子的打扮和气质，是颇有力度的。

在其他艺术手段的运用上，则可以看出小仲马受到十八世纪启蒙作家孟德斯鸠和伏尔泰的影响。例如他在介绍上层社会的各类人物时，运用了罗列式的讽刺笔调，一句话勾勒出一个人的丑态。此外，小说结尾玛格丽特的日记，是一种变化了的书信体小说的写法，同十八世纪的文学传统有着密切的联系。《茶花女》的主要篇幅由对话组成，这无疑深受大仲马的影响。小仲马的对话同样写得流畅自然，十分生动传神。然而，他并不满足于大仲马的拿手好戏，他已经十分注意人物的心理刻画。阿尔芒等待幽会时的焦急心情和种种思虑，玛格丽特内心情感的倾诉，都是对人物心理的探索。而普吕琼丝和迪瓦尔先生的长篇开导和说理，又有着巴尔扎克笔下人物的精彩议论的影子。小仲马显然在吸取众家之长，熔于一炉。他对各种艺术手段的运用无疑是成功的。

  小说《茶花女》出版的那一年，巴尔扎克已经搁笔了，法国小说出现了一段冷落时期。《茶花女》的出现在某种程度上填补了这一真空。可惜的是，小仲马未能再进一步写出更深刻的作品。十九世纪六十年代至八十年代，他有一些作品问世，如小说《克勒蒙梭事件》（1866）、戏剧《婚礼拜访》（1871）、《阿尔封斯先生》（1873）、《弗朗西荣》（1887）等。一八七四年，小仲马进入法兰西学士院。后期他的思想产生了变化，曾致力于修改《茶花女》。在一八七二年的版本中，他把一些字句改得平和一点，去掉锋芒，这纯属画蛇添足，后人并不理会他这种思想倒退。小仲马于一八九五年十一月二十七日在马于利—勒—罗瓦去世。

郑克鲁

一

我的见解是,唯有悉心研究过人,才能塑造人物,正如只有认真地学习过一种语言,才会讲这种语言一样。

由于我还没有达到笔下生花的年龄,我只好满足于平铺直叙。

因此,我恳请读者相信这个故事的真实性,故事中的所有人物,除了女主人公以外,至今还活在人世。

另外,我在这里搜集的大半材料,在巴黎有一些见证人,倘若我的证据不够的话,他们可以作证。出于特殊的机会,唯独我才能将这个故事实录下来,因为只有我了解得巨细无遗,不然的话,无法写出一部兴味盎然的完整故事。

下面谈谈我是怎样了解这些详情的。

一八四七年三月十二日，我在拉菲路看到一张黄色的大幅广告，宣布要拍卖家具和贵重古玩。这次拍卖是在物主过世以后举行的。广告没有提到死者姓名，拍卖要在十六日从正午到下午五点钟，于昂坦街九号举行。

广告另外写明，在十三日和十四日，可以参观这套公寓和家具。

我一向是古玩爱好者。我决心不能坐失良机，即令不买，也要饱个眼福。

第二天，我来到昂坦街九号。时间还早，但是公寓里已经有参观者，也有女的；虽然她们身穿丝绒服装，披着开司米围巾，门口还有华丽的四轮轿式马车在等候，但她们都惊讶地，甚至赞赏地观看着展现在她们眼前的奢华陈设。

不久，我就明白她们缘何这样赞赏和惊讶了。因为我也开始观察，很容易就发现，我正待在一个靠情人供养的女人的公寓里。可是，上流社会的妇女渴望看到的，正是这些女人的内室；这里恰巧有一些上流社会的妇女。这些靠人供养的女人拥有的华丽马车，每天在贵妇人的马车上溅上泥浆；她们跟贵妇人一样，在歌剧院和意大利剧院订有包厢，坐在贵妇人的隔壁；她们在巴黎恬不知耻地炫耀她们的天姿国色、珠光宝气和荡检逾闲。

我参观的这个公寓的女主人已经故去：因此连最贞洁的女人都可以长驱直入，来到她的卧室。死神已经净化了这个富丽堂皇的藏污纳垢之地的空气。再说，如果有必要的话，她们的托词是，她们要来参加拍卖，不知道来到谁家。她们看到了广告，想来参观一下广告推荐的东西，预先做些挑选而已；没有比这更普通的事了；这并不妨碍她们在所有这些奇珍异宝中，寻找这个交际花的生活痕迹；不消说，别人已经告诉过她们有关这个交际花的异乎寻常的故事了。

不幸的是，秘密已随同这个女神一起逝去，不管这些贵妇人有多么良好的愿望，她们只能得到死者身后要拍卖的物品，却丝毫发现不了女房客在世时操皮肉生涯的迹象。

再说，有的东西值得一买。陈设华丽。布尔[①]制作的玫瑰木[②]家具，塞弗尔[③]和中国的花瓶，萨克森[④]的小塑像、绸

[①] 布尔（1642—1732），法国有名的乌木雕刻家。
[②] 玫瑰木产于巴西，因有玫瑰香味而得名。
[③] 塞弗尔，法国村镇，瓷器工业中心。
[④] 萨克森，德国东部地区，皮革、瓷器、食品、纺织中心。

缎、丝绒和花边绣品，应有尽有。

我在公寓里信步而行，跟随着比我先来的好奇的贵妇。她们走进一个蒙着波斯墙布的房间，我正要也走进去，这时她们却几乎随即笑着退出来，仿佛羞于这次新的猎奇。我反而更加强烈地想踏入这个房间。这是梳妆室，摆满了最精致的玩意儿，死者的挥霍似乎从中发展到顶点。

靠墙有一张宽三尺、长六尺的大桌子，奥科克和奥迪奥①制作的各种珍宝在上面闪闪发光。这是一套洋洋大观的收藏。这千百件物品对于置身这间内室的这样的女人来说，是她梳妆打扮必不可少的；其中没有一件不是金器或银器。然而这些收藏显然只能逐渐地罗致，而且不是同一个情夫所能搜罗齐全的。

我目睹一个由情人供养的女人的梳妆室，并未感到心中不悦；无论什么东西，我都饶有兴味地细察一番。我发现，所有这些巧夺天工的用具，都镌刻着不同的姓氏开头字母和形形色色的冠冕。

---

① 奥科克、奥迪奥，当时最有名的金银匠，相传罗马国王的摇篮由奥迪奥制作。

我望着所有这些物品，每一样都无异向我描绘出这个可怜姑娘的一次卖淫。我想，天主对她是宽宏大度的，因为天主没有让她遭到通常的那种惩罚，而是让她不到晚年，依然如花似玉，在奢华中死去；对这些交际花来说，年老色衰可谓第一次死亡。

实际上，还有什么比堕落生活的晚年——尤其是在女人身上——更为惨不忍睹的呢？这样的晚年没有尊严可言，丝毫引不起别人关心。这样抱恨终生，并不是追悔误入歧途，而是悔恨一再失算和用钱不当，这是人们能够听到的最使人悲伤的遭遇之一。我认识一个曾经风流一时的女人，过去的生活只给她留下一个女儿，用她同时代人的话来说，她的女儿几乎同她母亲年轻时一样漂亮。这个可怜的孩子，她的母亲从来没有对她说过"你是我的女儿"，反而要她给自己养老，就像做母亲的曾经把她抚养大那样。这个可怜的女子名叫路易丝，她听从母亲的心愿，毫无选择、毫无热情、毫无乐趣地委身于人，仿佛别人考虑要她学会一种职业，她就从事这种职业一样。

连续不断地耳濡目染堕落的生活，而且过早地沉湎于堕

露易丝的母亲

落生活，加以这个姑娘长年不断病歪歪的身子要维持这种生活，这一切毁掉了她身上对善与恶的理解；天主也许给了她这种理解能力，但是没有人想过要发展它。

我会始终记得这个少女，她几乎天天在同一时刻走过大街。她的母亲经常陪伴着她，如此持之以恒，如同一个真正的母亲陪伴她亲生的女儿一样。那时候我还年轻，决意接受我那个时代轻佻的风尚。我记得，看到这种引起议论的监视，使我产生蔑视和厌恶。

除此以外，任何处女的脸上，都不会有这样一种天真无邪的情态和这样一副忧郁而痛苦的表情。

简直可以说，这是屈从女郎①的面孔。

有一天，这个姑娘的面孔豁然开朗了。在她母亲一手包办的堕落生涯里，这个女罪人觉得天主已准许她获得幸福。说到底，把她塑造成如此软弱无力的天主，为什么让她在痛苦的生活重负下得不到慰藉呢？终于有一天，她发现自己怀孕了，她身上还有的圣洁思想，使她欣喜得战栗。心灵有一

---

① 巴黎的圣厄斯塔什教堂，有一尊皮加勒雕塑的圣母像，神情隐忍。

露易丝

些古怪的避难处所。路易丝跑去告诉母亲这个使她大喜过望的消息。这是难以使人启齿的事，但是，我们不是在这里随意编造伤风败俗的故事，我们是在叙述一件真人真事。如果我们认为不必时不时地透露这些女人的苦难，那么闭口不谈也许会更好一些。人们谴责这些女人，又不听她们申诉，蔑视她们，不给她们公正的评价。我们说难以启齿，但是做母亲的回答她的女儿，她们两个人已经不太够花销，三个人就更入不敷出了，再说，这样的孩子一无用处，怀孕是白白地丢掉时间。

第二天，一个助产婆——我们暂且把她看作姑娘母亲的朋友——来看路易丝；路易丝卧床数日，复原后比先前更苍白，更虚弱。

三个月以后，有个男子对她心生怜悯，设法要恢复她的身心健康；可是这最后一次打击太厉害了。路易丝由于流产，后果严重，不治而逝。

她的母亲还在人世：情况怎么样？只有天知道！

正当我凝视那些银匣的时候，这个故事便来到我的脑际。在我沉思凝想时，看来过了相当长一段时间，因为屋子

助产婆

里只剩下我和一个看守人，他在门口留心察看我是不是在偷窃。

我走近这个老实人，我已使他惴惴不安。

"先生，"我对他说，"您可以告诉我住在这里的人是什么名字吗？"

"玛格丽特·戈蒂埃小姐。"

我知道这个姑娘的名字，并且有一面之交。

"怎么！"我对看守人说，"玛格丽特·戈蒂埃去世了？"

"是的，先生。"

"什么时候去世的？"

"我想，在三个星期以前吧。"

"为什么让人来参观她的公寓呢？"

"那些债权人认为这样做只会提高拍卖价。买主可以预先看看织物和家具给人的印象；您明白，这样能促进购买。"

"那么说，她负债了？"

"噢！先生，一大笔债。"

"不过，拍卖大概能还清债务吧？"

"还有得多呢。"

老公爵

"那么,多下来的钱归谁呢?"

"归她的家属。"

"这样说,她有个家啰?"

"看来有。"

"谢谢,先生。"

看守人摸清了我的来意后放心了,对我行了个礼,我走了出去。

"可怜的姑娘!"我在回家的时候心里想,"她必定死得很惨,因为在她那个圈子里,只有身体健康才会有朋友。"我不由得同情起玛格丽特·戈蒂埃的命运。

在许多人看来,也许这显得荒唐可笑,但是我对烟花女子是无限宽容的,而且我甚至犯不着为这种宽容去争辩。

有一天,我去警察局领取护照,看见旁边一条街上有两个宪兵押走一个妓女。我不晓得这个妓女做了什么事。我所能说的是,她抱着一个几个月的婴儿,哭得泪如雨下,因为逮捕她,母子就要骨肉分离,从这天起,我再也不会刚一见面便对一个女人显出蔑视了。

二

拍卖在十六日举行。

在参观和拍卖之间有一天间歇,这是留给挂毯工人拆卸帷幔、窗帘等饰物的时间。

那时节,我刚刚旅行归来。一个人回到消息灵通的首都时,他的朋友们总是会告诉他一些重要新闻,但是没有人把玛格丽特的去世当作要闻告诉我,这也是相当自然的。玛格丽特风致楚楚,可是,这些女人讲究的生活越是引起街谈巷议,她们的过去便越是无声无息。她们犹如某种星球,黯淡无光地升起又落下。倘若她们年纪轻轻便夭折了,她们所有的情人便会同时获悉。因为在巴黎,一位名妓的所有情人几乎都融洽无间。你一言我一语地回忆起她的事,彼此照旧继续生活下去,这件事丝毫不会打乱他们的生活,他们甚至不洒一滴眼泪。

今天的人到了二十五岁,掉眼泪就变得非常少见,以至不可能对随便什么女人抛洒同情之泪。至多是对花过钱的双亲,由于曾花钱养育过自己,才会得到几滴眼泪。

至于我,尽管在玛格丽特的任何一只梳妆匣上,都没有以我的姓名首字字母组成的图案,但是我刚才承认的那种出于本能的宽容和那种天生的怜悯,却使我对她的辞世久久不能忘怀,也许超过了她值得我如此缅怀的程度。

我记得时常在香榭丽舍大街遇到玛格丽特,她坐在一辆由两匹枣红色骏马驾辕的蓝色四轮轿式的小马车里,每天一准来到那里。那时我注意到在她身上具有一种她那一类人罕见的高贵气质,这种气质使她那真正不同凡响的美貌更添风采。

通常这些不幸的女子出门时,总是有人陪伴着。

这是由于任何男人都不情愿把自己同这种女人的夜夜恩爱公之于众,加上这些女人害怕孤独,因此出门总是带着女伴。这些女伴的景况要差得多,没有自己的马车,而且大多是爱卖俏的老妇人,只是任凭怎么装扮,也无法显示出她们的俏丽。如果有人想知道她们所陪伴的女子的任何私情秘事,那么,完全可以不必顾忌地去向她们打听。

玛格丽特却不是这样。她总是独自坐车到香榭丽舍大街,冬天裹着一条开司米大围巾,夏天穿着非常素雅的连衣裙,尽量不惹人注目;尽管在这条她喜欢散步的大道上有不少熟人,她也只是偶尔对他们莞尔一笑。唯有这些人才能看到这种仿佛出自一位公爵夫人露出的微笑。

她并不像她所有的同行一向所做的那样,在圆形广场到香榭丽舍大街入口之间踯躅。她的那两匹马常把她快速地拉到布洛涅园林①。她在那里下车,漫步一个小时,然后登上双座四轮轿式马车,驱车疾驰回家。

以前我有时目睹过这些情景,如今依然历历在目。我痛惜这个姑娘的夭折,如同人们惋惜一件精美的艺术品毁坏了一样。

可是,不可能看到比玛格丽特更迷人的美女了。

---

① 布洛涅园林位于当时巴黎的近郊,是游乐胜地。

她身材颀长,窈窕得有点过度,可是拥有精妙绝伦的才能,只要在穿着上稍加安排,就可以消除造化的这种疏忽。她的开司米围巾长可及地,两边露出丝绸连衣裙宽阔的边饰。厚厚的手笼藏住她的手,紧贴在胸前,四周围满了褶裥,做工非常精巧,以致眼光无论怎样挑剔,也无从指责线条的曲折。

她的头异常秀美,经过精心修饰,显得小巧玲珑,就像缪塞①所说的那样,她的母亲似乎有意把它生成这样,便于细心打扮。

在一张艳若桃李的鹅蛋脸上,嵌着两只黑眼睛,黛眉弯弯,活像画就一般;这双眼睛罩上了浓密的睫毛,当睫毛低垂的时候,仿佛在艳红的脸颊上投下了阴影;鼻子细巧、挺秀,充满灵气。由于对肉欲生活的强烈渴望,鼻翼有点向外张开;嘴巴匀称,柔唇优雅地微启时,便露出一口乳白色的皓齿;皮肤上有一层绒毛而显出颜色,犹如未经人的手触摸过的桃子上的绒衣一样。这就是这张迷人的脸庞的全貌了。

---

① 缪塞(1810—1857),法国浪漫派诗人、戏剧家和小说家,作品有《四夜组诗》《罗朗萨丘》《一个世纪儿的忏悔》等。

黑玉般的头发，不知是不是天然鬈曲的，在额前分披成两大绺，消失在脑后，露出两个耳垂，两只钻石耳环闪烁有光，每只价值四五千法郎。

玛格丽特虽过着纵欲的生活，但她的面容却呈现出处女的神态，甚至带着稚气的特征，这点难免令人纳闷。

玛格丽特自己有一幅出色的肖像画，它出自维达尔①的手笔，也唯有他的画笔，才能把她画得如此活灵活现。在她故世以后，有几天，这幅画曾在我手里。肖像画画得确实惟妙惟肖。对往事的记忆也许会有疏漏，而这幅画却能给我提供不少情况。

这一章叙述的详情，有一些是我后来才知道的，不过我将在下文一一照录，免得开始讲述这个女子的轶事时，再回过头来提及。

每逢剧场首演，玛格丽特场场必到。每天晚上，她都在剧场或者舞厅里度过。每逢上演新戏，十拿九稳可以在剧场里看到她。她有三样东西总不离身：她的观剧望远镜、一袋

---

① 维达尔（1811—1887），法国肖像画家，保尔·德拉罗什的学生，在第二帝国时期，他常为贵族和巴黎上流社会人士作画。

糖果和一束茶花,而且总是放在底层包厢的前栏上。

这些茶花一个月里有二十五天是白色的,而另外五天则是红色的;从来没有人洞悉这种颜色变化的缘由,我也点到为止,而不知其所以然。她经常光顾的那些剧院的常客,还有她的朋友们,都像我一样注意到这一点。

除了茶花以外,谁也没有见过玛格丽特带来别的花。因此,在她常去的巴尔荣夫人的花店里,有人终于给她起了个"茶花女"的绰号,这个绰号一直保留了下来。

另外,如同所有在巴黎某个圈子里生活的人一样,我知道玛格丽特做过一些风流倜傥的年轻人的情妇。对此,她毫不隐讳,他们也自吹自擂,这就表明这些情夫和他们的情妇彼此心满意足。

可是,据说有一次从巴涅尔[①]旅游回来以后,有近三年的时间,她只跟一个外国老公爵[②]生活在一起。这位老公爵富可敌国,千方百计要她摆脱以往的生活,而且看来她也心甘情愿地听此人摆布。

---

① 巴涅尔在上比利牛斯山区,是个温泉疗养地,专治贫血症。
② 老公爵,其实是德·斯塔凯贝格伯爵,他曾是俄国驻维也纳的大使。

关于这件事，别人是这样告诉我的：一八四二年春天，玛格丽特身衰体弱，大为变样，医生们吩咐她到温泉去。于是她动身来到巴涅尔。

在那里的病人中间，就有那位公爵的女儿，她不仅生着同样的病，而且跟玛格丽特的脸长得极为相像，以至别人都把她俩看作两姐妹。只不过公爵小姐的肺病已经到了第三期，玛格丽特来到后没几天，她就撒手人寰了。

正如有些人总想多待在埋葬着亲人的土地上一样，公爵也一直留在巴涅尔。一天上午，他在一条小径的拐角上望见了玛格丽特。

他仿佛看到女儿的亡灵掠过，便朝她走去，抓住她的手，泪流满面地拥抱她，也不打听她是谁，只恳求能够允许见到她，把她当作他逝去的女儿活着的影像来热爱。

玛格丽特只跟她的侍女来到巴涅尔，再说她也毫不担心玷污名声，便慨然允诺公爵的要求。

在巴涅尔，有人认识玛格丽特，他们专诚来拜访公爵，告诉他戈蒂埃小姐的真正身份。对老人来说，这是当头一棒，因为这一来就再也谈不上跟她女儿相似了，可是为时已晚。年轻女子已经成为他心灵中的一种需要，成为他生活下去的唯一借口和唯一理由。

他毫不责备玛格丽特，也没有权利这样做，但是他问玛格丽特，她是否能改变生活，他愿意弥补这种损失，她要什么补偿都可以。她答应下来。

需要说明的是，玛格丽特生性热情奔放，当时正在患病。她觉得以往的生活是她患病的主要原因之一。出于一种迷信的想法，她希望天主留给她美貌和健康，以换取她的悔改和皈依。

果然，夏末来临的时候，由于常洗温泉澡、散步，疲惫的恢复和充足的睡眠，她差不多恢复了健康。

公爵陪伴玛格丽特回到巴黎。他仍像在巴涅尔一样，时常前来探望她。

他们这种关系，别人既不了解真正的起因，也不了解真实的缘由，所以在巴黎引起巨大的轰动。因为公爵以家财万贯而著称，如今又以挥金如土而闻名遐迩。

大家把老公爵同年轻女子的亲密关系，归之于老富豪常有的贪淫好色。什么都猜测到了，真情却除外。

然而，这个父亲般的老人对玛格丽特的感情，起因非常圣洁，除了心灵相通之外，任何其他关系在公爵看来都是乱伦，他从来没有对玛格丽特讲过一句他女儿无法入耳的话。

我们根本不想把女主人公写成不同于她本来面目的模样。因此，我们要说，只要她待在巴涅尔，她对公爵许下的诺言是不难遵守的，她已经践了约；但是，一旦返回巴黎，这个习惯于放荡生活、舞会，甚至狂饮滥喝的姑娘，便觉得她的孤独只有公爵定期来访才打破一下，不免烦闷得要命，以往生活的热流同时掠过她的头部和心房。

要补上一句，玛格丽特从这次旅游回来之后，比先前更漂亮。她时年二十，病有起色，但是没有根除，正在继续激发她的狂热欲望，这种欲望几乎总是肺病引起的结果。

公爵的朋友们坚持认为，公爵跟玛格丽特来往有损声誉。他们不断地监视，想抓住她的一件丑事。一天，他们前来告诉公爵，并向他证实。一旦玛格丽特看准了公爵不来看她，她便接待客人，而且拜访常常延续到第二天。这些话使公爵感到钻心的痛苦。

玛格丽特受到盘问时，向公爵承认了一切，还毫不隐讳地劝告他不要再照顾她了，因为她觉得自己没有力量遵守许下的诺言，而且她不愿意再接受一个受她欺骗的男人的恩惠。

公爵有一个星期没有露面，他能够做的仅限于此。第八天，他来恳求玛格丽特继续跟他来往。他答应，只要能够见到她，她爱怎样做他都能忍受。他还向她起誓，即使他为此而一命呜呼，他也决不责备她一句。

这就是玛格丽特返回巴黎三个月以后，亦即一八四二年十一月或者十二月发生的事。

三

十六日下午一点钟,我来到昂坦街。

一到能通车辆的大门口,就听到拍卖估价人的喊叫声。

公寓里挤满了好奇的人。所有的名妓花魁都莅临了,有几位贵妇在偷偷地打量她们。这些贵妇又是借口参加拍卖,以便名正言顺地就近看看自己从来没有机会与之相聚的那些女人;也许她们暗地里在艳羡这些女人轻佻放荡的享乐呢。

德·F公爵夫人跟A小姐擦肩而过;A小姐是当今交际花中最为时乖运蹇的女子之一。德·T侯爵夫人迟疑不定,是不是把D夫人在抬价的一件家具买下来;D夫人是当代最风流、最著名的荡妇。德·Y公爵在马德里被看作在巴黎破了产,而在巴黎被看作在马德里破了产,但说到底,他连最低的收入都没有花完呢。他一面在跟 M 太太谈话,一面在跟德·N 夫人互递媚眼。M 太太是一位才智横溢的短篇小说女作家,她不时想把自己所讲的事写下来,并且签上名字。漂亮的德·N 夫人喜欢在香榭丽舍大街散步,几乎总是身穿粉红或者蓝色衣服,她的马车由两匹高大的黑马驾辕,托尼①出价一万法郎把这两匹马卖给她,她如数付款。最后还有 R 小姐,她全凭自己的才智达到如今的地位,这使那些靠嫁妆炫耀的上流社会妇女自愧弗如,更使那些靠爱情谋生的其他女人难望项背。她不顾天寒地冻,前来购买一些物品,而盯住她看的人也为数不少。

麇集在这个客厅里的许多人的姓名开首字母,我们还可以一一罗列出来,他们非常惊讶会汇聚一堂;可是,我们担心这样做会使读者厌烦。

只消说一句,当时人人都显得欢天喜地似的,而在场的所有女人中间,有许多人认识死者,却好像并不怀念故人。

---

① 托尼,当时的马商,在他的马场里能买到最漂亮的马车。

大家笑声朗朗；拍卖估价人声嘶力竭地叫喊；占满拍卖桌前长凳上的商人们，徒劳地力图叫大家安静，好让他们安安稳稳地做买卖。比这更加杂乱喧闹的聚会似乎还不曾有过。

我谦卑地溜到这令人悲哀的嘈杂纷乱的场地中。我想象着，这幅情景竟发生在这个可怜的女人咽气的房间附近。如今拍卖她的家具，却是为了偿付她的债务。我与其说是来买东西，不如说是来观察的。我注视着那些从事拍卖的商人的面孔，每当一件物品叫到他们料想不到的价钱时，他们就喜笑颜开。

那些在这个女人的卖笑生涯上搞过投机，在她身上大赚了一笔，在她临终时刻拿了贴着印花的借据来纠缠不休，她死后又来收取他们冠冕堂皇的账款和卑鄙可耻的贷款利息的人，真是谦谦君子啊！

古人认为商人和盗贼信仰同一个天主，他们真是言之有理！

连衣裙、开司米披巾、首饰，快得令人难以相信地拍卖掉了。没有一样东西我看得中，我一直等待着。

突然我听到喊声：

"一本书，装帧精美，书边烫金，书名：《玛侬·莱斯科》①，扉页上有题字：十法郎。"

"十二法郎。"沉默良久之后，响起一个声音。

"十五法郎。"我说。

为什么我报出这个价钱呢？我一无所知。大概是为了那些题字吧。

"十五法郎。"拍卖估价人再叫一遍。

"三十法郎。"第一个抬价的人说，口气好似藐视别人再加价。

这一下就变成一场争夺了。

"三十五法郎！"于是我用同样的声调叫道。

"四十法郎。"

"五十法郎。"

"六十法郎。"

"一百法郎。"

---

① 《玛侬·莱斯科》，十八世纪法国作家普雷服神父（1697—1763）的风俗小说，女主人公是一个既淫荡又无私，既不忠实又温柔的复杂形象。

我承认，如果我想引人注目的话，那么我已经完全做到了，因为在这样抬价的时候，全场鸦雀无声，大家望着我，想知道这位看来一心一意要得到这本书的先生是何许人。

看来，我最后一次叫价的口气镇住了我那位竞争对手：于是他宁愿放弃竞争，这场竞争却使我花了十倍的价钱买下这本书。他欠了欠身，虽然做得晚了一些，但是他仍然非常温文尔雅地对我说：

"我拱手相让，先生。"

由于没有人再抬价，书就拍卖给了我。

因为我担心别人再一次执拗地抬价，而我的自尊心也许会坚持应战，可是我囊中羞涩，因此我请人记下我的名字，把书留在一边，然后我下了楼。我肯定让目睹这个场面的人大费思索，他们无疑会纳闷，此人出于什么目的花费一百法郎来买一本书，这本书到处可以买到，至多花十个或十五个法郎。

一小时以后，我派人去取我的这本书。

扉页上赠书人用羽笔写下挺秀的题词。题词只有这么几个字：

玛侬对玛格丽特
丢人现眼

下面署名：阿尔芒·迪瓦尔。

"丢人现眼"这个词是什么意思呢？

据阿尔芒·迪瓦尔先生看来，玛侬是不是承认玛格丽特在放荡或者情感方面要略胜一筹呢？或许后一种理解更为贴切。因为前一种理解，直率得无礼，不管玛格丽特怎样自惭形秽，也不会接受。

我又出门去了，直至晚上临睡时，我才顾到这本书。

诚然，《玛侬·莱斯科》是一个动人的故事。我熟悉书中的每一个情节，但每当我重读这本书的时候，我对这本书的好感总是使我手不释卷。我翻开书，又一次同普雷服神父笔下的女主人公生活在一起。这位女主人公呼之欲出，我仿佛认识她似的。在此时新的情况下，将她与玛格丽特做一对比，这给我阅读这本书增添了始料不及的魅力。出于对这个可怜姑娘的怜悯，甚至是喜爱，我越发宽容她了。这本书就是我从她那里得到的遗物。玛侬确实死在荒漠里，可这是在对她鹣鲽情深的男子怀里断气的。玛侬辞世之后，他给她挖了一个墓穴，滔滔热泪洒落在她身上，也把自己的心埋葬在墓中。而玛格丽特呢，她像玛侬一样是个有罪的人，或许像玛侬一样皈依宗教了。倘若一定要相信我亲眼所见的情况，她是死在奢华的环境里的。她僵卧在她往昔的床铺上，也躺卧在这个心灵的荒漠中；这个荒漠，比埋葬玛侬的荒漠更干燥，更广袤，更无情。

我从几个了解她弥留之际情况的朋友那里得知，玛格丽特在她长达两个月的痛苦而缓慢的临终期间，看不见谁到她床边给她真正的安慰。

随后，我的思路从玛侬和玛格丽特转到我认识的其他女人身上，我看到她们唱着歌，走向几乎总是亘古不变的死亡。

可怜的女人啊！如果爱上她们是一种过错的话，那么至少应该同情她们。你们同情从未见过阳光的盲人，从未听见过大自然和音的聋人，从来不能表达自己心灵之声的哑巴。而在那种假惺惺的廉耻的借口下，你们却不愿同情这样的心灵失明，灵魂重听和良心哑巴。这些残疾，使病痛中的不幸女人发狂，使她无限忧伤地感受不到善良，听不到天主的声音，更无法表达对爱情和信仰的纯洁语言。

雨果塑造了玛丽永·德洛尔姆，缪塞塑造了贝纳蕾特，大仲马塑造了费尔南德①。历代的思想家和诗人都把仁慈奉献给烟花女。有时一位伟人用他的爱情，甚至用他的姓名，为她们恢复名誉。我之所以如此强调这一点，那是因为，在以后会来看我这本小说的读者中间，也许有很多人不准备把这本书看完。他们担心所看到这本书的内容，是在为邪恶和卖淫辩护；而且该书作者的年龄，更会助长人们产生这种疑虑②。但愿这样想的人会改变初衷，如果仅有这点担心阻拦住他们的话；但愿他们能继续看下去。

说句实话，我信奉如下这个原则：对于没有受过善良陶冶教育的女子，天主几乎总是敞开两条通向善良的道路：一是痛苦，一是爱情。这两条路很难跋涉；踏上这两条路的女人，往往双脚鲜血淋漓，双手撕开裂口，但她们同时也在路旁的荆棘上，留下了恶行败德的华丽饰物，赤条条地到达目

---

① 这三个人物都是雨果、缪塞和大仲马笔下的妓女。
② 小仲马发表《茶花女》时只有二十四岁。

的地；在天主面前，赤身裸体用不着脸红耳赤。

凡是与这些大胆跋涉女子邂逅的人，都应该支持她们，并且不妨公开说，他们接触过这些女子。能将这件事公之于众，实际上也就指出了道路。

当然不能天真地在人生道路的入口竖上两块牌子：一块是提示，上写"善之路"；另一块是警告，上写"恶之路"。也不能对那些来到入口的人说："选择吧。"必须像基督那样，指出道路，把那些跃跃欲试的人从后一条路带往前一条路；尤其不应该让这些道路的开端过于令人痛苦，过于崎岖难行。

基督教关于浪子回头的精彩寓言，目的在于劝告我们要宽大为怀，仁慈厚道。耶稣对那些深受情欲之害的人充满了爱，他致力于包扎他们的伤口，同时从伤口本身挤出治疗伤口的香膏。因此，他对抹大拉说："你将得到宽恕，因为你的爱多[①]。"崇高的宽恕，应该唤起崇高的信仰。

为什么我们要比基督更加严厉呢？这个世界表现得严

[①] 见《圣经·路加福音》第七章第四十七节。

厉，是为了让人相信它强大，我们也就执着地坚持它的见解。为什么我们要同它一起抛弃伤口流血的灵魂呢？从这些伤口里，像病人流出污血一样，他们过去的罪恶满溢而出。这些灵魂就等待一只友好的手来包扎他们的伤口，治愈他们心灵的创伤。

我在向我的同代人进言，向认为伏尔泰先生的理论幸而已经过时的人进言，向像我一样懂得十五年来人类正在突飞猛进的人进言。关于善与恶的学问已经彻底地掌握了；信仰又重新确立，我们又可以尊敬神圣事物。如果世界不是十全十美，至少它是变得更好了。凡是明智的人都劲往一处使，一切伟大的意志都致力于同一个原则：我们要心地善良，要朝气蓬勃，要真心实意！恶只是一种空虚的东西，我们对义行善举要感到骄傲，尤其不要感到绝望。不要蔑视既不是母亲、女儿，又不是妻子的女人。不要减少对家庭的尊重，对自私的宽恕。既然上天更加喜欢一个忏悔的罪人，而不是一百个从来没有犯过罪的遵守教义的人，就让我们竭力讨上天的喜欢吧。上天会超额奉还我们的。在我们的道路上，给那些被人间欲望所断送的人留下我们的宽恕吧，也许神圣的期望可以拯救他们，就像那些善良的老妇人劝人用她们的药时所说的那样，即使不产生好作用，也不会产生坏影响。

当然，想从我谈论的小题目中得出重大的结论，大概显得太大胆了。但是，我属于这样的人：相信一切寓于微末之中。孩子虽小，他却蕴含着成人；脑袋虽然狭小，它却包藏着思想；眸子才不过一个圆点，它却可以一览无余地看到几公里的地方。

四

两天以后，拍卖全部结束，总共拍卖到十五万法郎。债主们分走了三分之二，余下部分由家属继承；她的家属包括一个姐姐和一个小外甥。

当代理人写信告诉她的姐姐，可以继承五万法郎时，这位姐姐目瞪口呆。

这个年轻姑娘已经有六七年没有见过她的妹妹，自从她妹妹销声匿迹以后，无论她还是别人，对她妹妹的情况都一无所知。

于是她匆匆赶到巴黎，当认识玛格丽特的人看到这个唯一的继承人，是个肥胖而漂亮的乡下姑娘，至今还从来没有离开过她的村子时，他们都惊愕不已。

玛格丽特的姐姐

她一下子发了财,但是连这笔意外之财从何而来都不知道。

后来有人告诉我,她回到乡下时,为妹妹的去世感到十分悲痛,然而她把这笔钱以四厘五的利息存了起来,使她的悲痛获得补偿。

巴黎是个各种传闻不胫而走的城市,但所有这些情况口口相传之后,也开始被人淡忘了。要不是又出了一件事,使我了解到玛格丽特的身世,我甚至几乎忘记了自己经历过这些事情;这件事使我知道一些非常动人的细节,我不由得想写出这个故事。让我娓娓道来吧。

卖掉了她的所有家具以后,这套空房间又要出租了,过了三四天的一个上午,有人拉我家的门铃。

我的仆人,或者不如说我那兼做仆人的看门人去打开门,给我拿来一张名片,他对我说,来客要见我。我看了一下名片,看到上面写着:阿尔芒·迪瓦尔。

我在脑海里搜索在什么地方见过这个名字,我回想起《玛侬·莱斯科》这本书的扉页。

把这本书赠送给玛格丽特的人,来找我干什么呢?我盼

阿尔芒·迪瓦尔

咐立刻请来客进屋。

于是我看到一个年轻人，头发金黄，身材高大，面色苍白，身穿一套旅行服装，他好像穿了几天不离身似的，甚至到了巴黎也没有费心刷一下，因为这衣服盖满灰尘。

迪瓦尔先生非常激动，他也丝毫不加掩饰。他泪水盈眶，声音颤抖地对我说：

"先生，请原谅我冒昧来拜访，衣冠不整；但是年轻人之间用不着太拘束，何况我非常想在今天见到您，我甚至来不及下榻旅馆，虽然我已经把箱子送去了。尽管现在时间很早，但我担心碰不到您，便赶到您这里来。"

我请迪瓦尔先生坐在炉火边。他坐下时，从口袋里掏出一块手帕，把脸捂住了一会儿。

"您大概不明白，"他悲伤地叹了口气，又说，"一个素不相识的人，在这种时候，穿着这样的衣服，哭成这副模样来拜访您，会请您做什么。

"先生，老实说，我是来请您帮个大忙的。"

"说吧，先生，我听从您的吩咐。"

"您参加了玛格丽特·戈蒂埃家里的拍卖吗？"

这个年轻人本来已经克制住激动,但说完这句话,他又控制不住了,不得不用双手捂住眼睛。

"恐怕您觉得我十分可笑,"他又说,"请再一次原谅我这副模样,请相信,您那么耐心地听我说话,我是永远不会忘记的。"

"先生,"我回答,"如果我真的能为您效劳,稍许平息一下您忍受的痛苦,那么请快点告诉我,我能为您做些什么,您会感到我是一个乐意为您效劳的人。"

迪瓦尔先生的痛苦委实令人同情,我不由自主地要让他高兴。

这时他对我说:

"在拍卖玛格丽特的东西时,您也买下一件吧?"

"是的,先生,我买了一本书。"

"是《玛侬·莱斯科》吗?"

"正是。"

"这本书还在您手里吗?"

"书在我的卧室里。"

阿尔芒·迪瓦尔听到这句话以后,如释重负,向我致谢，仿佛我保留着这本书，已经帮了他一个忙似的。

于是我站起来，走到卧室里，把书取来，交给了他。

"正是这本，"他看着扉页的题词，翻阅着说，"正是这本。"

两大颗泪珠滴落在书页上。

"那么，先生，"他朝我抬起头来说，分明无意掩饰他哭泣过，而且显得几乎又要哭泣，"您很看重这本书吗？"

"先生，您为什么要这样问？"

"因为我这次来是请您把这本书让给我。"

"请原谅我的好奇心，"这时我说，"把这本书赠送给玛格丽特·戈蒂埃的人就是您吗？"

"就是我。"

"这本书归您啦，先生，拿去吧，我很高兴能物归原主。"

"可是，"迪瓦尔先生尴尬地说，"至少我要把您付出的钱还给您。"

"请允许我把它送给您。在这样一次拍卖中，一本书的钱只是区区小事，这本书我花了多少钱，我也记不起来了。"

"您花了一百法郎。"

"不错，"我说，这次轮到我尴尬了，"您怎么知道的？"

"非常简单。我本来想及时赶到巴黎,参加玛格丽特家的拍卖,可我今天早上才到达。我非要得到她的一件遗物不可。我赶到拍卖估价人那里,请求他允许我查阅售出物品的名单和买主的姓名。我看到这本书是您买下的,便决意请求您割爱,尽管您出的价钱令我担心,您获得这本书也是为了寄托某种纪念。"

阿尔芒这样说话的时候,看来显然生怕我像他一样,跟玛格丽特非常熟悉。

我赶紧让他放心。

"我跟戈蒂埃小姐只有一面之交,"我对他说,"她的过世给我的感觉,恰如一个年轻人对于他乐意遇到的漂亮女人辞世所产生的感受那样。我想在那次拍卖中买下一件东西,而且不知为什么固执地抬高这本书的价钱,也是一时高兴,让一位先生恼火,他也想得到这本书,似乎向我挑战要拥有它。现在,我向您再说一遍,先生,这本书归您支配了,我再一次请您接受下来,不要像我从拍卖估价人那里买到它那样,从我手里买回去,而且让这本书成为我们之间交谊更长久、关系更紧密的纽带。"

"很好，先生，"阿尔芒向我伸出手，紧紧握住我的手说，"我接受，我会终身感谢您。"

我非常想询问阿尔芒，有关玛格丽特的身世。因为书上的题词，年轻人的长途跋涉和他想得到这本书的愿望，都刺激了我的好奇心；不过我担心这样询问来客，会显得我拒绝他的钱只是为了有权干预他的私事。

好像他猜透了我的心思，因此他对我说：

"您看过这本书吗？"

"从头看到尾。"

"您对我写下的两行字有什么想法？"

"我马上明白，在您眼里，接受您赠书的可怜姑娘不同凡响，因为我不愿意把这两行字只看作寻常的恭维。"

"您说得对，先生。这位姑娘是一位天使。您看，"他对我说，"念一念这封信吧。"

他递给我一张信纸，这封信看来已经读过许多遍了。

我打开了信，内容是这样的：

亲爱的阿尔芒，我收到了您的信。您依然心地善良，为此我要感谢天主。是的，我的朋友，我生了病，而且是一种不治之症；但是您仍然肯给我关心，大大减轻了我忍受的痛苦。我准定活不长了，没有福气再握住您的手。我刚才收到这只手写出的一封亲切的信，如果有什么可以治愈我的话，那么信上的话就是一帖良药。我将见不到您了，因为我已行将就木，而您和我之间又相隔几百法里[①]。可怜的朋友！您往日的玛格丽特已大为变样，看见她这副模样，也许还不如再也不见为好。您问我是不是原谅您；噢！我由衷地原谅您，朋友，因为您想伤害我只是证明了您对我的爱。我卧床已经有一个月，我非常看重您对我的尊敬，因此我每天写我生平的日记，从我们分离的时候起，一直到我再也握不住笔为止。

倘若您对我的关心是千真万确的，阿尔芒，您回来以后，请到朱丽·迪普拉那里去。她会把这本

---

① 一法里合四千米。——编者注。

朱丽·迪普拉

日记交给您。您会在日记里找到我们之间发生的事的来龙去脉,以及我的辩白。朱丽待我非常好,我们经常在一起谈到您。您的信寄到的时候,她正在我旁边,我们边看信边流泪。

万一我收不到您的回信,她负责在您回到法国的时候,把这些日记交给您。不必感谢我这样做。我每天都重温一遍我一生仅有的幸福时刻,这使我感到莫大的欣慰。如果您在阅读时看到对过去的事的辩解,那么我在其中则找到连续不断的宽慰。

我很想给您留下一件您能永久思念我的物品,可是我家里的东西全部查封了,什么都不属于我的了。

您明白吗,我的朋友?我就要离世了,我的债主们派了个看守来,不让我拿走任何东西,我从卧室听到这个看守在客厅的脚步声。即使我不死,我也一无所有了。但愿他们要等到我寿终正寝以后再拍卖。

噢!人是多么残酷无情啊!我搞错了,或者不

债主派来的看守

如说天主是铁面无私和不屈不挠的。

好吧，亲爱的，您要来参加对我财产的拍卖，您可以买下某件东西，因为我要是为了您将一件微不足道的东西放在一边，让人知道了，他们就可能控告您侵吞查封财产。

我要离开的人生满目苍凉啊！

如果天主让我在死前再见您一面，他是多么善良啊！我的朋友，十之八九要永别了；请原谅我不能再写下去了，那些说是会治愈我的人总是给我放血，弄得我精疲力竭，我的手写不下去了。

玛格丽特·戈蒂埃

最后几个字确实只能勉强辨认得出。

我将信还给了阿尔芒。刚才他无疑在心里复诵了一遍，就像我看到信上所写的那样，因为他一面收回了信，一面对我说：

"有谁会相信这是出自一个受人供养的姑娘的手笔呢！"怀念使他变得非常激动，他有一会儿凝视着信上的字迹，最后捧到唇边亲吻。

"当我想到,"他接着说,"我不能在她死前再见她一面,而且永远见不到她了,又想到她待我比亲姐妹还好,我便不能原谅自己让她这样死去。

"她死了!她死了!临死前还想着我,给我写信,念着我的名字,可怜的、亲爱的玛格丽特!"

阿尔芒禁不住思绪联翩,涕泪纵横,一边将手伸给我,一边继续说:

"如果有人看到我为这样一个姑娘的去世如此悲痛欲绝,他可能会觉得我太幼稚。这是因为他不知道我曾经让这个女子忍受痛苦,我多么狠心,她多么善良和逆来顺受啊!我原以为是我在原谅她。今天,我觉得她给我的宽恕,我受之有愧。噢!为了能在她脚边哭上一个小时,我宁愿少活十年。"

不了解别人的痛苦,又要去安慰,那总是很困难的事。可是我对这个年轻人产生了非常强烈的同情心,他又这么坦诚相见,向我倾吐心中的悲苦,因此,我相信,他对我的话不会无动于衷。于是我对他说:

"您有亲戚朋友吗?要有信心,去看看他们,他们会安慰您，至于我呀，我只能同情您。"

"不错，"他站起来说，在我的房间里大步地来回走着，"我打扰您了，请原谅我，我没有考虑到我的痛苦跟您并不相干，而且我在用一件您根本不可能，也不至于感兴趣的事来纠缠您。"

"您误会我的意思啦，我完全悉听尊便；只不过我力有不逮，减轻不了您的悲伤，还请见谅。如果我的社交圈子和我的朋友们的社交圈子，能够使您消愁解闷，总之，不管在哪些方面，如果您用得着我的话，我希望您明白，我非常乐意鼎力相助。"

"不好意思，不好意思，"他对我说，"痛苦使人情不自禁。让我待上几分钟，好有时间擦去眼泪，免得路上行人看到这个大小伙子在哭鼻子抹眼泪的，觉得奇怪。您刚才把这本书送给我，让我满心喜悦，我永远无法报答欠您的情分。"

"那么您就给我一点友谊，"我对阿尔芒说，"把您悲伤的原因告诉我。将心里的痛苦讲出来，就能够聊以自慰。"

"您说得对，但是今天我需要痛哭一场。我今天对您说话，只会前言不搭后语。改天我会把事情都告诉您，您就会明白,我是不是有道理怀念这个可怜的姑娘。而现在,"他最后一次擦擦眼睛,同时照了照镜子,补充说,"希望您不要把我看作一个呆子,而且允许我再来拜访您。"

这个年轻人的目光善良和蔼,我真想拥抱他。

至于他,他又开始泪水盈眶。他看到我已经觉察,便把目光从我身上移开了。

"得啦,"我冲着他说,"要鼓起勇气。"

"再见。"他对我说。

他千方百计不让自己哭出来,宁可说他是逃出我家,而不是走出去的。

我撩起窗帘,看到他登上了在门口等候他的双轮轻便马车;但是他一坐上车,便热泪滔滔,用手帕掩住了脸。

五

很长一段时间过去了,我没听人提起过阿尔芒,可是相反,经常有人谈到玛格丽特。

我不知道您有没有注意过这样的事:一个看来跟您未曾谋面,或者至少无关紧要的人,一旦有人在您面前提到他的名字,跟他有关的种种传闻便会逐渐地聚拢而来,您也会听到您的朋友们向您谈起一件事,这是他们以前从来没有提及的。于是您会发现,这个人几乎同您擦肩而过,您发觉这个人在您的生活中出现过许多次,可是没有引起您的注意;在别人告诉您的事件里,您会感到同您自己的生活中的某些经历真是不谋而合,有千丝万缕的联系。我跟玛格丽特的情况,确切说来并非如此,因为我曾经见过她,遇到过她,我熟悉她的容貌和举止；不过，自从那次拍卖以后，她的名字时常在我的耳鼓里回响。我在上一章节中提到这种情况，这个名字牵扯到一件十分悲惨的往事，因此，我的惊讶不断地增长，好奇心也越来越强烈了。

事情发展到这样：虽然以前我从来不跟朋友们谈起玛格丽特，但是如今我一遇到他们，就这样问：

"您认识一个名叫玛格丽特·戈蒂埃的女人吗？"

"是茶花女吗？"

"正是。"

"非常熟悉！"

"非常熟悉"这几个字，有时候还伴随着微笑，这种微笑无法令人猜测其含义。

"那么，这个姑娘怎么样？"我继续问。

"一个好姑娘。"

"如此而已？"

"我的天！是呀，比别的姑娘更有才智，也许心肠好一点。"

"您一点不知道她的特殊身世吗？"

"她使德·G男爵倾家荡产了。"

"就这一件事?"

"她做过某位老公爵的情妇。"

"她当真是他的情妇吗?"

"据说是的。无论如何,他给了她很多钱呢。"

千篇一律总是这么一点情况。

但是,我渴望知道一些关于玛格丽特和阿尔芒来往的事。

有一天,我遇到了一个人,他和那些名媛淑女过从甚密。我问他:

"您认识玛格丽特·戈蒂埃吗?"

回答又是"非常熟悉"。

"这个姑娘怎么样?"

"她是一个美丽而善良的姑娘。她的去世令我非常难过。"

"她不是有过一名叫阿尔芒·迪瓦尔的情人吗?"

"一个金黄头发的高个儿吗?"

"是的。"

"有这么一个人。"

德・G男爵

"这个阿尔芒是怎样一个人呢?"

"一个小伙子,我相信他把自己屈指可数的一点儿钱同她一起挥霍光了,然后不得已离开了她。据说他都要发狂了。"

"那么玛格丽特呢?"

"她也对他一往情深,人人都这样说。不过就像那些妓女的爱情那样,不该苛求她们给得更多。"

"阿尔芒后来怎么样?"

"无可奉告。我们跟他是泛泛之交。他和玛格丽特一起生活了五六个月,不过是在乡下。她回到巴黎时,他就远走高飞了。"

"后来您没有再见过他吗?"

"一直没有。"

我呢,我也没有再见过阿尔芒。我甚至寻思,他来我家,是不是因为他刚知道玛格丽特去世,使得旧情和悲痛越发强烈。我忖度他也许已经把再来看我的诺言,随同死去的姑娘一起置到脑后了。

对别人来说,这种猜测很可能符合实情,但是,阿尔芒悲痛万分，声调真诚，于是我从一个极端摆到另一个极端，我设想他哀痛成疾，我得不到他的消息，是因为他病倒了，或许已经一命呜呼。

我不由关心起这个年轻人。兴许在这种关心中有自私的成分，说不定在他这种痛苦的外表下，我隐约看到一个催人泪下的爱情故事。最后，也许是因为我渴望知道这个故事，所以才对阿尔芒的杳无信息感到极度焦虑不安。

既然迪瓦尔先生没有再来找我，我便决意上他家去。要找到一个借口并不难；可惜我不知道他的地址，凡是被我打听过的人，都无法告诉我。

我来到昂坦街。或许玛格丽特的门房知道阿尔芒住在哪里。这是一个新换的门房。他像我一样说不上来。于是我打听戈蒂埃小姐葬在哪个公墓。是在蒙马特尔公墓。

四月已经来临，风和日丽，墓园不再像冬天那样一派凄惨悲凉的景象；总之，天气已经相当暖和，活着的人因此想起了已故的人，前去扫墓。我在去墓园的路上心想：只要察看一下玛格丽特的坟墓，我就可以看出阿尔芒是不是还在伤心，或许我会知道他眼下究竟怎样了。

我走进公墓看守人的小房间,我问他在二月二十二日那天,是不是有一个名叫玛格丽特·戈蒂埃的女人,葬在蒙马特尔公墓里。

这个人翻阅一本厚册子,凡是进入这个最后归宿地的人,都按号码顺序登记在册。他回答我,二月二十二日中午,确实有一个叫这个名字的女人在这里落葬。

我请他叫人把我带到她的坟上去,因为在这个死人的城市里,就像在活人的城市里一样,有大街小巷,如果没有向导,便很难辨别方向。看守叫来一个园丁,给他一些必要的吩咐,而园丁打断他说:"我知道,我知道……"他朝我转过身来继续说,"噢!这个坟非常好认。"

"为什么?"我问他。

"因为坟上的鲜花和别的坟上的完全不同。"

"是您照看这个坟吗?"

"是的,先生。是一位年轻人托我照看的,但愿所有死者的亲属都像他一样,将死去的人挂在心上。"

拐了几个弯以后,园丁站住了,对我说:

"我们到了。"

果然，我眼前出现一方块花丛，要不是一块白色大理石镌刻着一个名字，表明这是一个坟墓的话，绝没有人会把这个地方看作一个坟的。

这块大理石直放在那里，一圈铁栅栏把这块买下的坟地围住了，坟地盖满了白色的茶花。

"您觉得怎么样？"园丁问我。

"美极了。"

"只要有一朵茶花枯萎了，我就按吩咐给换上刚开花的。"

"是谁这样吩咐您的呢？"

"一位年轻人，他第一次来的时候痛哭流涕，一准是过世女人的老相好，因为看来那是个没臊没羞的女人。听人说，她长得很标致。先生认识她吗？"

"认识。"

"跟那位先生一样吧？"园丁带着狡黠的笑容对我说。

"不，我从来没有跟她说过话。"

"而您到这里来看她；您心地真好，因为到墓园里来看这个可怜的姑娘的人实在不多。"

"这么说,没有人来这里吗?"

"除了那位年轻先生来过一次以外,没有人来过。"

"他只来过一次?"

"是的,先生。"

"后来他再没有来过吗?"

"没有,但是他从外地回来以后会再来的。"

"这么说,他出远门了?"

"是的。"

"您知道他到哪儿去吗?"

"我想,他是到戈蒂埃小姐的姐姐那里去了。"

"他到那里去干什么?"

"他去请求她允许把尸体挪个地方,葬到别处去。"

"为什么他不让戈蒂埃小姐葬在这里呢?"

"您知道,先生,对于死人,各人有自己的想法。我们这些人,天天都看到这种情况。这块坟地只买下五年,而这个年轻人希望买下一块永久出让的坟地,而且面积更大一些;最好是在新区。"

"您说新区,是指什么?"

"就是眼下正在出售的新坟地,在左边。如果公墓以前一直像眼下这样管理,那么可能在世界上是无与伦比的;但是要做到尽善尽美,那还差一大截呢。再说人又是那么可笑。"

"您这是什么意思?"

"我的意思是,有些人到了这种地方还要显神气呢。就说这位戈蒂埃小姐吧,看来她生前生活有点儿放荡,请原谅我用这个说法。可眼下,这个可怜的小姐,她过世了。本来没有什么好让人奚落了,何况人们天天用钱养着的女人,也同样有的是。但是,葬在她旁边那些死人的亲属,一旦知道了她的身份,他们便说,他们反对把她葬在这儿,认为应辟出专门的坟地,留给这种娘儿们,就像留给穷人那样。这种话真亏他们想得出。谁见过有这种事?我呀,我把他们驳得哑口无言。有些靠食利为生的阔佬,来凭吊他们过世的亲属,一年不到四次,他们亲自带花来,看看都是些什么花吧!他们考虑维修坟墓,说是要哀悼死去的亲人。他们在亲人的墓碑上写得悲痛万分,却从来不流眼泪,还要来找旁边死人的麻烦。信不信由您,先生,我不认识这位小姐,我不知道她做过什么事；可是我喜欢她，这个可怜的女孩子，我关心她，我给她送来价格最公道的茶花。这个死去的姑娘得到我的偏爱。我们这些人，先生，我们只得喜欢死人，因为我们忙得团团转，几乎没有时间去爱别的东西。"

我端详这个人，用不着我解释，有些读者会明白，在我听他讲话的时候，我心潮起伏。

不消说，他发觉了，因为他继续说：

"据说有些人为了这个姑娘倾家荡产，她有一些情人，拜倒在她的石榴裙下；因此，当我想到居然连买一朵花给她的人也没有的时候，便感到事情很蹊跷，也感到很悲哀。不过，她也用不着抱怨，因为她会有自己的坟墓。即使只有一个人怀念她，他也替别人做了事。可是我们这里还有一些和她身份相同、年龄相仿的可怜姑娘，她们被扔进了公共墓地。当我听到她们可怜的尸体落在墓坑里的时候，我觉得撕心裂肺似的。一旦她们命归黄泉，便没有人照料她们了！尤其是只要我们还有一点良心，我们干的这一行便不会总是愉快的。有什么办法呢？我是控制不了自己。我有一个二十岁的女儿，高大漂亮。每当有人送来一个和她年纪一样的女尸时，我便想到她。不管这是一个贵妇人，还是一个流浪女，我都禁不住会感慨。

"我这样唠唠叨叨，说不定您听厌烦了，而且您也不是来听这些话的。人家吩咐我带您到戈蒂埃小姐的坟墓，您已经到了，我还能为您做些什么事吗？"

"您知道阿尔芒·迪瓦尔先生的住址吗？"我问这个园丁。

"知道，他住在……街，您看见的所有这些花，我都是到他那里去收款的。"

"谢谢，我的朋友。"

我朝这个盖满鲜花的坟墓瞧了最后一眼，立刻联想起最好能探测一下这个坟墓的底部，看看泥土把这个扔进坑里的漂亮女人变成了什么样子。我闷闷不乐地离开。

"先生想拜访迪瓦尔先生吗？"在我身边行走的园丁又问。

"是的。"

"我拿准了他还没回来，不然的话，我已经在这里见到他了。"

"这么说，您深信他没有忘记玛格丽特吗？"

"我不但深信这样，而且我可以担保，他想迁葬只不过是为了想再见到她。"

"这话怎么讲？"

"他到墓地来对我讲的第一句话是：'怎样才能再见到她呢？'这样的事只有迁葬才能办到。我把迁葬要履行的所有手续都告诉了他。因为您知道，要迁葬，必须验明尸身，只有家属才能允许这样搬动，而且要由警察分局长来主持。正是为了取得家属同意，迪瓦尔先生才去见戈蒂埃小姐的姐姐。不用说，他会首先来找我们的。"

我们走到了墓园门口，我再次感谢园丁，在他手里塞了一点零钱。于是我连忙向他给我的那个住址赶去。

阿尔芒还没有返回。我在他家里留了字条，请他一回家就来看我，或者派人通知我，我在什么地方可以找到他。

第二天上午，我收到迪瓦尔先生的一封信，他通知我，他已经返回，请我到他府上去，还说他由于累得精疲力竭，无法出门。

六

我见到阿尔芒的时候,他正躺在床上。见到我来,他向我伸出发烫的手。

"您在发烧,"我对他说。

"没有关系,由于来去匆匆,过度疲劳,如此而已。"

"您去过玛格丽特的姐姐家里吗?"

"是的,谁告诉您的?"

"我知道就是了,您想办的事谈成功了吗?"

"谈成功了,可是,我出门和此行的目的,是谁告诉您的?"

"墓地的园丁。"

"您见到那座坟了吗?"

我几乎不敢回答,因为他说这句话的声调表明他始终心潮难平,就像我上次见到的那样。每当他的思路或者别人的谈话,又把他带到这个使他伤心的话题时,这种激动就会再次流露出他的心情。

于是,我仅仅用点头来回答。

"好生照料坟墓了吗?"阿尔芒继续问。

两大颗泪珠顺着病人的腮边淌下来,他转过脸去,想掩盖眼泪。我假装没有看见,竭力改变话题。

"您出门已经有三个星期了。"我对他说。

阿尔芒用手抹了抹眼睛,回答我说:

"刚好三个星期。"

"您这次路途很长啊。"

"噢!我并没有一直赶路,我病了半个月,否则我早就回来了。我一到达那里就发起烧来,不得不困在房间里。"

"您还没有痊愈,就动身回来了。"

"如果我再在那个地方多待上一个星期,我就会在那里送命。"

"但是,既然您现在回来了,您就应该养好身体;您的朋友们会来看望您。我呢，如果您同意的话，我便是第一个来看您的朋友。"

"我过两小时就起来。"

"您太鲁莽了！"

"我非得起来不可。"

"您有什么火烧眉毛的事要办吗？"

"我必须到警察分局长那里去一次。"

"为什么您不委托别人去办这件事呢？这一去会更加重您的病。"

"只有办了这件事，才能治好我的病。我一定要见她一面。自从我知道她去世以后，尤其我看过她的坟墓以后，我夜不成寐。我无法想象，这个女人在我们分手时这么年轻，这么漂亮，她竟已离开人世。我非要亲眼看见才能相信。我一定要看看天主把我的心上人变成什么模样，兴许厌恶看到的景象会代替悲痛欲绝的心情；您会陪我一起去，是吗？如果这件事不使您太讨厌的话。"

"她的姐姐怎么对您说的？"

"什么也没有说。她听到有一个外人想买下一块坟地，让人给玛格丽特造一座坟墓，显得非常惊讶。她马上同意我的要求，在委托书上签了字。"

"听我的话，等您病痊愈了再去办这件迁葬的事。"

"噢！我会挺得住的，您放心吧。况且，如果我不趁现在主意已定，尽快办成这件事，那么我会发疯的；了结这个心愿，变成了平息我的悲痛的一种需要。我向您担保，我只有见到了玛格丽特，才能平静下来。这兴许是我发高烧时的渴望，失眠时的梦想，谵妄产生的结果。哪怕我要像德·朗塞①先生那样，成为一个苦修会会士，看过她以后再说吧。"

"我明白这个，"我对阿尔芒说，"我愿为您效劳；您见到朱丽·迪普拉了吗？"

"是的。噢！就在我上次回来的那一天见到她的。"

"她把玛格丽特留在她那里，专门为您写的日记交给您了吗？"

"在这里。"

阿尔芒从枕头底下掏出一卷纸，但立刻又放了回去。

---

① 德·朗塞（1625或1626—1700），年轻时生活放荡，在他的情妇德·蒙巴宗公爵夫人死后，成为神父，他主持的修道院实行严格的教规。

"这些日记记叙的内容,我已经熟记在心,"他对我说。"三个星期以来,每天我看上十遍。您也能看到的,不过请稍后一点,等我平静一些,能够让您明白这份表白所透露的内心情感和爱情渴望时再说。

"眼下我要请您办一件事。"

"什么事?"我问。

"您有一辆马车停在楼下吧?"

"是的。"

"那么,您肯拿上我的护照,到邮局里留局自取的窗口问一下,有没有寄给我的信件吗?我的父亲和妹妹给我的信大概都寄到巴黎了,我离开时那么仓促,动身之前来不及去打听一下。等您回来以后,我们再一起去把明天迁葬的事通知警察分局长。"

阿尔芒把他的护照交给我,于是我前往让-雅克·卢梭街。

有两封给迪瓦尔先生的信,我领取后回来了。

等我重新露面时,阿尔芒已经穿好衣服,准备好出门了。

"谢谢。"他接过信时对我说。"是的,"他看过寄信人的地址以后又说,"是的,是我的父亲和妹妹的信。他们想必一点儿不明白我杳无音信。"

他拆开信,不如说是推测信的内容,而不是在看信,因为每一封信都有四页,而他一眨眼工夫又把两封信折好。

"我们走吧,"他对我说,"明天我会回信的。"

我们去见警察分局长,阿尔芒把玛格丽特的姐姐的委托书交给了他。

作为交换,警察分局长递给他一张通知墓园看守的公文;大家约定第二天上午十点钟迁葬,我提前一小时去接阿尔芒,然后我们一起上墓园去。

我呢,我也很乐意去观看这个场面。说实话,夜里我没有睡好。

我的脑海里思绪纷至沓来,照我的情况判断,对阿尔芒来说,想必这是一个漫漫长夜。

第二天上午九点钟,我来到他家里的时候,他的脸色可怕得苍白,但是他显得很安详。他向我微笑,朝我伸出了手。

几支蜡烛都已燃尽，在出门之前，阿尔芒拿起一封非常厚的信，是写给他父亲的，无疑在信里倾诉了他一夜的感受。

半个小时之后，我们来到蒙马特尔公墓。警察分局长已经在等候我们。

大家慢慢地朝玛格丽特的坟墓那边走去。警察分局长走在头里，阿尔芒和我隔开几步紧随在后。

我不时地感到我同伴的手臂在哆嗦，仿佛战栗掠过他全身似的。于是我看了他一眼，他明白我的目光，对我微笑一下。自从离开他家以后，我们还没有交谈过一句话。

大颗汗珠布满了阿尔芒的脸，快到坟墓之前，他站住脚擦汗。

我利用他的停顿喘了口气，因为我自己的心也好似被老虎钳夹住了一样。

去观看这种场面，真是苦中取乐！当我们来到坟前的时候，园丁已经把所有的花盆都搬开了，铁栅栏也起了下来，有两个人在用鸭嘴镐挖地。

阿尔芒靠在一棵树上望着。他的全部生命仿佛都集中在他的眼睛里似的。

突然，一把鸭嘴镐触到了一块石头。

听到这个声音，阿尔芒像遭到电击一样往后一缩，而且使劲握紧我的手，把我的手也握痛了。

一个掘墓工抓起一把大铁铲，逐渐地铲空墓穴，随后，待墓穴里只剩下压在棺柩上的石块时，他一块块地往外扔。

我在观察阿尔芒，因为我每分钟都在担心，他明显地克制着的感情会把他压垮，但是他一直在望着，两眼睁大、呆滞，像发疯似的，唯有脸颊和嘴唇的轻微抖动，才证明他处在神经质的剧烈发作之中。

至于我呢，我只能说一句话，这就是我悔不该到这里来。

待棺柩完全暴露出来以后，警察分局长对那些掘墓工说："打开吧。"

这些工人服从命令，仿佛这是世上最普通不过的事情似的。

棺柩是橡木制的，他们开始旋下棺盖上的螺丝钉。地下的潮气使螺丝钉都生了锈，好不容易才把棺材打开。一股恶臭冲了出来，尽管棺材四周都种满了芬芳的花卉。

掘墓工

"噢，我的天！我的天！"阿尔芒喃喃地说，他的脸变得更加煞白。

连掘墓工也向后倒退。

一块很大的白色尸布盖住尸体，勾勒出起伏不平的线条。尸布的一端几乎烂掉了，露出死者的一只脚。

我差不多要晕过去，就在我写这几行字的时候，回忆起这个场面，我依然觉得气氛庄重肃穆。

"我们快一点吧。"警察分局长说。

于是两个工人中的一个伸出手去，开始拆尸布。他抓住尸布的一端，突然把玛格丽特的脸展露出来。

这个场景真是不堪入目，叙述起来也实在骇人。

一双眼睛只剩下两个窟窿，嘴唇烂掉了，皓齿咬得紧紧的。干枯的黑色长发贴在双鬓上，遮住一点深凹下去的青色面颊。然而，在这张脸上我还是认得出早先我常见的白里透红、兴高采烈的面庞。

阿尔芒目不转睛地盯着这张脸，将手帕送到嘴上咬着。

至于我，我觉得有一只铁环紧箍在头上，有一条面纱覆盖住我的眼睛，嗡嗡声充满我的耳鼓，我不得已只好打开随身携带的、以防万一的嗅盐瓶，使劲嗅着。

我在头晕目眩中，听到警察分局长对迪瓦尔先生说：

"您认准了吗？"

"认准了。"年轻人轻轻地回答。

"那么，把棺材盖上搬走。"警察分局长说。

掘墓工把尸布扔回死者脸上，合上棺盖，一人一头把棺材抬起，朝给他们指出的地方走去。

阿尔芒一动不动，他的眼睛盯住那个空墓穴。他就像我们刚才见到的死尸那样，脸色惨白……简直可以说他化为石头了。

我明白经历过这个场面，悲痛有所压制，他再也支撑不住时，随之而来就会发生这种情况。

我走近警察分局长。

"这位先生，"我指着阿尔芒对他说，"是不是还有必要在场？"

"不必了，"他对我说，"甚至我劝您把他带走，因为他好像生病了。"

"来吧。"于是我挽起阿尔芒的手臂，对他说。

"什么?"他望着我说,仿佛他不认识我似的。

"结束了,"我又说,"您该走了,我的朋友,您脸色惨白,身上发冷,这样激动您会送命的。"

"您说得对,我们走吧。"他机械地回答,但是不迈出一步。

于是我抓住他的手臂,把他拉走。他像孩子一样跟着走,只不过时不时地咕哝着:

"您看到了那双眼睛吗?"

他又转过身去,仿佛这个幻觉在召唤他。

不过他步履踉跄,好像他是在震颤推动之下往前走一样,他的牙齿咯咯作响,双手冰凉,全身在神经质地剧烈抖动。

我跟他说话,他一声不吭。他所能做的,就是跟着人走。

我们在墓地门口找到一辆车。恰是时候。

他刚在马车里坐下,便颤抖得更厉害,这是一次真正的歇斯底里发作,他生怕吓着我,便握紧我的手,对我低声地说:

"没什么,没什么,我直想哭。"

我听到他的胸脯的起伏声,血液涌上他的眼睛,但是欲哭无泪。

我让他闻我刚才用过的嗅盐瓶。我们回到他家里的时候,他流露出来的仍然只有颤抖。

在仆人的帮助下,我让他睡下。我叫仆人在他的房间里生起熊熊的炉火,我又赶去找我的医生,将刚才发生的情况告诉他。

医生赶来了。

阿尔芒脸颊绯红,在说谵语,结结巴巴地吐出一些不连贯的话,这些话中只有玛格丽特的名字才能让人听清。

医生检查过病人以后,我问他:"怎么样?"

"哦,他得的正是脑炎。但非常幸运,因为,天主饶恕我,我还以为他发疯了呢。幸亏他身体的病压倒了精神上的病。一个月以后,兴许他两种病都会治好。"

七

有些疾病倒也不令人讨厌,要么一下子置人于死地,要么迅速就被战胜,阿尔芒患的正是这一种病。

上述这些事过去半个月之后,阿尔芒已经完全康复,我们结成了挚友。在他生病的全部时间里,我几乎没有离开过他的房间。

春天带来了鲜花满园,绿叶扶疏,百鸟群集,欢歌笑语。我的朋友的窗户朝花园生气勃勃地敞开,花园里的清新气息一直吹送到他那里。

医生已经允许他起床。从中午到下午两点钟,是太阳最暖和的时候,我们经常坐在敞开的窗子旁聊天。

我非常留心不要提到玛格丽特,总是担心病人虽然表面平静，但这个名字会勾起他刚平息的伤心事；但是相反，阿尔芒似乎乐意谈起她，也不像过去那样泪水盈眶，而是带着柔和的笑容，这种笑容使我对他的心灵状况感到放心。

我早已注意到，自从上次到公墓去，那个场面使他大病一场以后，他精神上的悲痛似乎已经被疾病填没了，对于玛格丽特之死，他的想法不再同于往日。确信无疑之后，他心里获得一种宽慰。为了驱走经常在他眼前出现的凄惨形象，他沉溺在幸福的回忆中，追思他跟玛格丽特的交往，好像只愿意接受这种回忆似的。

大病初愈，高烧刚退，阿尔芒身体过于虚弱，不能让他的精神强烈激动。阿尔芒周围是一派春天大自然的欢乐景象，使他不由自主地追忆喜气洋洋的画面。

他一直执拗地不肯把自己经历的危险告诉家里，直到他死里逃生，他父亲还不知道他生过病。

一天傍晚，我们坐在窗前，比平时待得晚些，天清气朗，太阳西沉，薄暮闪耀着蔚蓝和金黄的光辉。尽管我们身处巴黎，但是四周的绿丛似乎把我们与世界隔离。只有微弱的车马声时不时地扰乱我们的谈话。

"差不多就像这样一个季节,这样一个傍晚,我认识了玛格丽特。"阿尔芒对我说,他在注意自己的思路,并没有听我对他讲话。

我一声不吭。

这时,他朝我转过身来说:

"我一定要把这个故事讲给您听;您可以把它写成一本书,别人未必信以为真,但是写起来也许兴味盎然。"

"以后您再讲给我听吧,我的朋友,"我对他说,"您还没有完全复原呢。"

"今天晚上很暖和,我也吃过鸡脯了,"他微笑着对我说,"我不发烧了,我们也无事可干,我把整个故事讲给您听吧。"

"既然您非讲不可,我就洗耳恭听。"

"这是一个简简单单的故事,"于是他补充说,"我按事情发生的先后次序讲给您听。如果以后您要写成一件作品,您想按别的方式来写悉听尊便。"

下面就是他给我讲的故事,这个故事感人至深,我只改动了少许字句。

是的，阿尔芒又说，把头靠在圈椅的椅背上，是的，就是在这样一个傍晚！我跟我的一个朋友加斯东·R在乡下玩了一天。黄昏时分，我们回到巴黎，无所事事，便去了杂耍剧院。

在一次幕间休息时，我们走了出来，在走廊里看到一个高挑身材的女人走过，我的朋友向她打了招呼。

"您打招呼的是谁？"我问他。

"玛格丽特·戈蒂埃。"他对我说。

"我觉得她大为变样了，因为我认不出她来。"我激动地说，待会儿您就明白我为什么激动了。

"她得了病，可怜的姑娘活不长了。"

这些话我记忆犹新，仿佛我昨天听到的一样。

我的朋友，您要知道，两年以来，每当我遇到这个姑娘，一照面总要产生一种异样的感觉。

我不知不觉地变得脸色苍白，我的心在怦怦乱跳。我有一个朋友，他很关心秘术，他把我的感觉称为流体的亲和性。我呢，我则干脆认为我注定要爱上玛格丽特，而且我已经预感到了。

加斯东·R

尽管她引起我真切的感受，我的好几个朋友也亲眼看见，但是他们了解到我这种感受从何而来的时候，便哈哈大笑。

我第一次与她邂逅，是在交易所广场絮斯商店①的门口。一辆敞篷四轮马车停在那里，一个身穿白色衣服的女人从车上下来。她走进商店时引起一阵赞叹的低语声。至于我呢，从她走进去直到出来为止，我呆立在原地。透过橱窗，我望着她在商店里选购东西。本来我可以进去，但是我不敢。我不知道这个女人是何许人，我生怕她猜度出我走进商店的原因而生气。然而我没有料到后来自己那么迫切要再见到她。

她穿着高雅，身上是一件镶满边饰的细布连衣裙，披着一条四角绣上金丝和绸花的印度纱丽，戴一顶意大利草帽，还戴一条独特的手链，那是当时开始流行的一种粗金链。

她重新登上敞篷四轮马车，离开了。

商店的一个伙计站在门口，目送这位漂亮的女顾客的马

---

① 絮斯商店，妇女时装商店，在浪漫派时期，是上流女士的聚会地点。

车远去。我走近他,请他把这个女子的名字告诉我。

"她是玛格丽特·戈蒂埃小姐。"他回答我。

我没敢问她的地址就离开了。

我以前有过很多幻觉,过后也就淡忘了,但是这一次是真实的,所以一直念念不忘。我到处寻找这位穿白衣的绝代佳人。

几天以后,滑稽歌剧院举行一次盛大的演出。我去观看了。我在舞台两侧的一个包厢里看到的第一个人,就是玛格丽特·戈蒂埃。

跟我一同前往的年轻人也认出了她,因为他指名道姓地对我说:

"您看这个漂亮的姑娘!"

这当儿,玛格丽特拿望远镜朝我们这边看,她瞥见了我的朋友,对他嫣然一笑,示意叫他过去看她。

"我去跟她道个晚安,"他对我说,"一会儿我就回来。"

我情不自禁地对他说:"您真幸运!"

"幸运什么?"

"因为您能去看这个姑娘。"

"难道您爱上了她?"

"不,"我涨红了脸说,因为我当真茫无所措了,"但是我很想认识她。"

"跟我来吧,我替您介绍。"

"先要征得她的同意嘛。"

"啊!当然,跟她用不着拘礼,来吧。"

他这句话使我不好受。我担心会证实:玛格丽特不配获得我对她的迷恋。

阿尔封斯·卡尔①在一本名为《Am Rauchen》②的小说中写道,一天晚上,有个男人尾随一个非常漂亮的女人。她美若天仙,他一见倾心。为了吻一吻这个女人的手,他感到自己充满了无所不能的力量,征服一切的意志和赴汤蹈火的勇气。她为了免得让长裙沾上泥土而弄脏,撩高裙子,露出迷人的小腿,他却几乎不敢望一眼。正当他梦想怎样做才能占

---

① 阿尔封斯·卡尔(1808—1890),教授,后来转向新闻事业,成为《费加罗报》(1839)的主编。《椴树下》(1832)为自传体小说。他在月刊《胡蜂》(1839)上抨击路易·拿破仑,因此在波拿巴发动政变后蛰居在蓝色海岸,从事园艺和写作,他的几部剧本未获成功。

② 德文:《抽烟》。

有这个女人的时候,不料她却在街角拦住了他,问他是不是愿意上楼到她家里去。

对此他回头就走,穿过街道,垂头丧气地回到家里。

我想起了这段描绘。我本来宁愿为了这个女人而吃苦受累,我担心她过于迅速地接受我的求爱,过于匆忙地爱上我。我宁可经过长期等待,做出巨大的牺牲,才获得她的爱情。我们这些男人,就是这样处世的。要是想象能给我们的感官以诗意,肉欲能向心灵的幻想让步,那就是莫大的幸事了。

总之,如果有人对我说:"今晚您可以得到这个女人,但是明天您要死于非命。"我会接受的。如果有人对我说:"花上十个路易①,你就可以做她的情夫。"那我会拒绝和哭泣,就像一个孩子在醒来时发现夜里梦见的宫堡竟是子虚乌有一样。

然而,我的确想认识她,这是能知道怎样同她打交道的途径,甚至是唯一的途径。

---

① 路易,法国旧金币,合二十法郎。

于是，我对我的朋友说，我坚持让他先征得她的同意，把我介绍给她。我在走廊里踯躅，设想她马上就要看到我，我不知道在她的注视下怎样掩饰自己的窘态。

我竭力把我要对她说的话事先组织好。

爱情是多么崇高而又天真无邪啊！

一会儿工夫，我的朋友下楼来了。

"她等着我们。"他对我说。

"她是独自一人吗？"我问。

"还有另外一个女人。"

"没有男人吗？"

"没有。"

"我们去吧。"

我的朋友朝剧院门口走去。

"喂，不从那儿走。"我冲着他说。

"我们去买些糖果。她刚才向我提出的。"

我们走进通往歌剧院那条路上的一家糖果店。

我真想把整个店里的糖果都买下来，我甚至在观察一只口袋能装进多少东西，这时我的朋友开口买东西了：

"要一斤糖渍葡萄。"

"您知道她爱吃这种东西吗?"

"她从来不吃别的糖果,这是人所共知的。"

"啊!"当我们走出铺子时,他继续说,"您知道我要把您介绍给什么样的女人吗?不要设想把您介绍给一位公爵夫人,她不过是一个受人供养的女人,完完全全受人供养,亲爱的。因此您不必尴尬,怎么想就怎么说好了。"

"好的,好的。"我结结巴巴地说,于是我尾随着他,心想,我的激情要烟消云散了。

当我走进包厢的时候,玛格丽特正在哈哈大笑。

我本来希望看到她愁眉不展。

我的朋友把我介绍给她。玛格丽特向我略微点了点头,说道:

"我的蜜饯呢?"

"在这里。"

她一边拿蜜饯,一边望着我。我垂下眼睛涨红了脸。

她俯身在旁边那位女人的耳畔悄悄地说了几句话,她们两个朗声大笑。

不消说，我成了她们取笑的对象。我的困窘越发厉害了。那时节，我有一个情妇，她是个小家碧玉，非常温柔多情，她的多情善感和忧伤的书信使我很得意。而经历了我这时的感受，我明白了我一定伤害了她。足有五分钟之久，我爱她就像从来没有爱过女人一样。

玛格丽特吃着糖渍葡萄，没有理会我。

我的引荐人不愿意让我处在这种可笑的境地里。

"玛格丽特，"他说，"如果迪瓦尔先生讷口不言，您也不必惊讶。您把他弄得茫然不知所措，以致他说不出话来。"

"我倒认为这位先生陪您到这里来，是因为您一个人来感到无聊。"

"真是这样的话，"我开口说，"我就不会先请欧内斯特来，要求您同意我拜见您了。"

"也许这只是一种办法，推迟决定命运的时刻到来。"

只要跟玛格丽特那样的姑娘稍微交往过，就会知道她们喜欢毫无道理地开玩笑，爱戏弄初次见面的人。她们不得不忍受每天跟她们见面那些人的侮辱，这无疑是对那些侮辱的一种报复。

因此，要对付她们，必须熟悉她们圈子的某种习惯，而这种习惯我是缺乏的。况且，我对玛格丽特原有的看法，使我夸大了她的玩笑的含义。这个女子的任何举动，我都不会无动于衷。因此我站起身来，带着难以掩饰的复调声音对她说：

"如果您这样看待我的话，夫人，那么我只能请您原谅我的冒昧，并且向您告辞，同时向您保证今后不会再出现这样的鲁莽了。"

说完，我行了一个礼就出来了。

我一关上门，就听到第三次哈哈大笑。这时我宁愿有人用手肘撞我一下。

我回到自己的单人座位上。

观众正在为启幕而鼓掌。

欧内斯特回到我的旁边。

"您怎么搞的！"他坐下来时对我说，"她们以为您够傻的。"

"我离开以后，玛格丽特说什么来着？"

"她好一阵笑，并向我担保，她从来没有见过像您这样逗的人。但是您不必认为败下阵来。对这些姑娘，不必给面子去认真看待她们。她们不懂得什么是高雅，什么是礼貌，正如给狗洒香水一样，它们觉得这种气味难闻，要跑到水沟里去打滚。"

"总而言之，这跟我有什么关系？"我竭力用轻快的口吻说，"我再也不要见到这个女人了。如果说在我认识她以前她讨我喜欢，如今我认识了她，情况就完全改变了。"

"啊！我希望有朝一日能看到您坐在她的包厢后面，看到您为她倾家荡产呢。再说，您也许说得对，她没有什么教养，但她是一个值得据为己有的漂亮情妇。"

幸亏启幕了，我的朋友住了口。我无法告诉您上演了什么。我所能回想起来的，就是我不时地抬眼去看那个包厢，刚才我匆匆地离开了，而那里新的来访者却络绎不断。

但是，我远远忘不了玛格丽特。另一种思路占据了我的脑海。我觉得我需要忘掉她的侮辱和我的可笑。我思忖，哪怕我要倾家荡产，我也要得到这个姑娘，刚才我急匆匆放弃的位置，我理所当然地要占有它。

戏还没有演完，玛格丽特和她的女友就离开了包厢。

我不由自主地也离开了我的座位。

"您要离开吗?"欧内斯特问我。

"是的。"

"为什么?"

这当儿,他发觉那个包厢人走空了。

"走吧,走吧,"他说,"祝您好运,祝您万事如意。"

我走了出去。

我听到楼梯上传来衣裙的窸窣声和谈话的喁喁声。我闪在一旁,不让人看见,只见两个女人和相陪的两个青年走过。

在剧院的列柱下,一个小厮向她们走来。

"去告诉车夫,在英国咖啡馆门口等候,"玛格丽特说,"我们一直步行到那里。"

几分钟以后,我在林荫大道上徘徊,看到餐馆的一个大房间的窗口旁,玛格丽特正在倚着窗台栏杆,一瓣又一瓣摘下她那束茶花的花瓣。

两个青年中有一个俯身在她肩上,悄声对她说话。

我走进金屋餐馆,在二楼的大厅坐下,始终盯住那个窗户。

凌晨一点钟,玛格丽特同三个朋友一起,又登上了她的马车。

我搭上一辆双轮轻便马车,尾随在后。

她的马车停在昂坦街九号。玛格丽特从车上下来,独自走进她的家。

无疑这种情况是偶然的,但是这偶然使我感到非常荣幸。

从这天起,我经常在剧院里,在香榭丽舍大街遇见玛格丽特。她总是一样的快乐,我也总是一样的激动。

可是,随后半个月过去了,我在哪里都见不到她。我同加斯东见面时,我向他打听她的消息。

"可怜的姑娘病得很重。"他回答我说。

"她得了什么病?"

"她一向生肺病,由于她过的生活是不打算治好这种病的,所以她卧床不起,奄奄一息。"

人心真是古怪,她得了这种病,我反而几乎高兴。

我每天都去了解她的病情,不过既不留下姓名,也不留下名片。后来，我获悉她康复了，去了巴涅尔。

日月荏苒，既然说不上思念，那次印象好像逐渐地在我的脑际淡忘了。我出了远门，交际、工作和习以为常的事销蚀了我对她的迷恋。当我回忆起第一次邂逅时，我只看作是一种初恋，就像年纪轻轻时常常会有的那样，过后不久，便会一笑置之。

再者，克服这种思念也不值得大书特书，因为自从玛格丽特走后，我便再也见不到她。正如我刚才向您诉说的那样，当她在杂耍剧场的走廊里从我身边走过时，我都没有把她认出来。

她戴上面纱，这倒是真的。不过，即使在两年以前，她戴着面纱也罢，我还是用不着看见她便能认出她来，我准会猜出是她。

当我知道这是她时，我的心还是禁不住扑腾乱跳。两年时间没有见到她，这种天各一方所带来的结果，似乎一接触到她的长裙，便烟消云散了。

八

然而,阿尔芒少顷又继续说,我明白我仍然热恋着,同时又感到自己比以前更坚定。一方面我渴望再见到玛格丽特,另一方面又想让她看出我变得比她更为高明。

为了实现心中的愿望,要采取多少办法,想出多少理由啊!

为此,我不能久久地待在走廊里,于是我又回到正厅前座,飞快地扫视一眼大厅,想看看她坐在哪个包厢里。

她独自一人坐在底层的舞台侧面包厢里。正如我刚才跟您说过的那样,她变样了,我在她的嘴唇上再也看不到那种淡漠的微笑。她受过病痛的煎熬,如今还在忍受着。

尽管眼下已经是四月,但她穿得还像冬天那样,一身都是丝绒服装。

我执着地盯住她，以至把她的目光吸引过来了。

她有一会儿端详着我，拿起她的观剧望远镜，想把我看得更清楚些。她一定觉得我面熟，可是又不能确切地说出我是谁。因为她放下观剧望远镜的时候，嘴角上浮现一丝微笑，这是女人用来致意的妩媚方式，为的是回答我的致意，她看来正等待着我这样做。但是我毫无反应，仿佛要占她的上风，她记起了我，我倒显得忘记了她似的。

她以为认错了人，把脸转了过去。大幕升起了。

在演戏的时候，我频频地观察玛格丽特，我发现她对演戏丝毫不感兴趣。

至于我呢，我对演出也是漠不关心，一门心思放在她身上，不过我千方百计不让她发觉。

我看到她在同对面包厢里的人交换眼色。我朝那个包厢望去，于是认出坐在里面的女人是我相当熟悉的。

这个女人从前也受人供养，曾经试图进入戏剧界，但是没有成功。她依靠同巴黎的风雅女人的关系，投入商界，开了一家妇女时装商店。

我从她身上看出一个可以跟玛格丽特会面的办法，趁她朝我这边望过来的时候，我用手势和眼色向她问好。果然不出所料，她招呼我到她的包厢里去。

那个妇女时装店老板娘有个好名字，叫作普吕珰丝·杜韦努瓦①。她是一个四十岁的胖女人，要从她们这样的女人那里打听消息，是用不着拐弯抹角的，何况我要向她了解的事又是那么普通。

我趁她又要跟玛格丽特打招呼的时候问她：

"您这样张望的是谁呀？"

"是玛格丽特·戈蒂埃。"

"您认识她吗？"

"认识。她是我店里的主顾，而且也是我的邻居。"

"这么说，您住在昂坦街吗？"

"在七号。她梳妆室的窗户正对着我的梳妆室的窗口。"

"据说她是一个迷人的姑娘。"

"您不认识她吗？"

---

① 普吕珰丝的法文是 Prudence，意为"谨慎"。

普吕珰丝

"不认识，但是我非常想认识她。"

"您要我叫她到我们的包厢里来吗？"

"不，我宁愿您把我介绍给她。"

"在她家里吗？"

"好的。"

"这就难了。"

"为什么？"

"因为有一个嫉妒成性的老公爵在庇护着她。"

"庇护，真够意思。"

"是的，庇护，"普吕珰丝又说，"可怜的老头儿，做她的情夫也叫他够为难的。"

于是普吕珰丝告诉我，玛格丽特怎样在巴涅尔认识了公爵。

"正因如此，"我接着说，"她才独自到这里来吗？"

"正是。"

"不过，是谁接她回家呢？"

"是公爵。"

"这么说，他要来接她了？"

"待会儿吧。"

"而您呢,是谁来接您?"

"没有人。"

"那我自我推荐来陪您。"

"不过,我想您是同一位朋友在一起吧。"

"那么我们俩一起自我推荐。"

"您的朋友怎么样?"

"他是个迷人的小伙子,非常风趣,他很乐意认识您。"

"好吧,一言为定,这一幕演完以后,我们四个人[①]一起走,因为我知道最后一幕。"

"很好,我去通知我的朋友。"

"去吧。"

"啊!"正当我要出去时,普吕珰丝对我说,"您看,公爵走进玛格丽特的包厢啦。"

我望过去。

果然,一个七旬老人刚刚坐在年轻女人的身后,递给她

[①] 似应为三个人。

一袋蜜饯,她马上笑嘻嘻地从袋里掏出蜜饯,然后又把那袋蜜饯举到包厢前面,向普吕珰丝做了个手势,意思是说:

"您想要吗?"

"不。"普吕珰丝谢绝。

玛格丽特把那袋蜜饯又捧回来,回转身,开始和公爵交谈。

事无巨细都一一叙述出来,近乎幼稚,可是,同这个姑娘有关的一切,我都历历如在眼前,因此,我禁不住要回忆出来。

我下楼告诉加斯东,我刚才为我们俩所做的安排。他接受了。

我们离开座位,要上楼到杜韦努瓦太太的包厢里去。

刚打开正厅前座的门,我们就不得不站住,让离开剧场的玛格丽特和公爵走过。

我宁愿少活十年,来取代这个老头儿。

到了大街上,公爵搀扶玛格丽特坐上一辆四轮敞篷马车,他亲自驾车,两匹骏马小跑着,拉走他们,霎时无影无踪。

我们走进普吕珰丝的包厢。

这一幕戏结束后,我们下楼坐上一辆普通的出租马车,车子把我们送到昂坦街七号。普吕珰丝在家门口邀请我们上楼,到她家里,让我们看看堆存的商品,使我们开开眼界,看来她对这些商品引以为豪。您想想看我多么巴不得地接受了。

我觉得自己正在逐步地接近玛格丽特。不一会儿,我又把话题转到玛格丽特身上。

"老公爵在您的女邻居家里吗?"我问普吕珰丝。

"不在,想必她是一个人。"

"但是她会百无聊赖的。"加斯东说。

"几乎每天晚上我们都在一起度过,或者她回家以后把我叫去。凌晨两点以前她从来不睡觉。再早她睡不着。"

"为什么?"

"因为她有肺病,她几乎总在发烧。"

"她没有情人吗?"我问。

"每次我去她家的时候,从来没有看见她家里有人,但是我不能担保,我走了以后没有人去。晚上我时常在她家里

一位 N 伯爵

遇到一位 N 伯爵，他以为在晚上十一点钟拜访她，只要她要首饰就送给她，这样便可以使自己的追求获得进展。但是她不愿意见到他。其实她错了，他是一个阔少爷。我多次白费唇舌地对她说：'亲爱的孩子，这个人正是您所需要的！'她平时很听我的话，但这时她却转过身去，回答我说，他太蠢了。就算他蠢吧，我同意。可是对她来说，就会有一个身份，而那个老公爵随时都可能一命呜呼。这些老头子都是自私的；他家里人不断地指责他对玛格丽特的迷恋：这就是他不会给玛格丽特留下什么东西的两个原因。我开导她，她却回答，等公爵死了，总来得及跟伯爵好的。

"像她这样生活并不总是很开心的，"普吕琽丝继续说，"我呀，我很清楚，这种生活我受不了，我会迅速地把老头子打发走。这个老家伙平庸乏味。他把玛格丽特称作他的女儿，把她当作孩子一样关心她，始终在监视她。我有把握，眼下他的一个仆人正在街上徘徊，看看有谁从她家里出来，尤其是谁进去。"

"啊！可怜的玛格丽特！"加斯东说，一边坐在钢琴前面，弹了一首华尔兹舞曲，"我不知道这种事。但是最近我觉得她的神态不像以前那样快乐了。"

"嘘！"普吕珰丝说，一面侧耳细听。

加斯东停止了弹奏。

"我想，她在叫我。"

我们也在谛听。果然，有个声音在叫普吕珰丝。

"好了，先生们，你们走吧。"杜韦努瓦太太对我们说。

"啊！您是这样款待客人的吗？"加斯东笑着说，"我们想走的时候会走的。"

"为什么我们要走呢？"

"因为我要到玛格丽特家里去。"

"我们就等在这里好了。"

"这办不到。"

"那么，我们同您一起去。"

"更不行。"

"我呀，我认识玛格丽特，"加斯东说，"我完全可以去拜访她。"

"但是阿尔芒不认识她。"

"我替他做介绍。"

"这是不行的。"

我们又听到玛格丽特一直不停地招呼普吕珰丝的声音。

普吕珰丝走进她的梳妆室。我和加斯东尾随着她。她打开窗子。

我们俩躲了起来,不让外面的人看见。

"我叫您有十分钟了。"玛格丽特在窗口说,口气几乎有点蛮不讲理。

"您叫我有什么事?"

"我要您马上过来。"

"为什么?"

"因为N伯爵还赖着不走,他把我烦死了。"

"我现在走不开。"

"有谁妨碍您走开呢?"

"我家里有两位年轻人,他们不肯走。"

"告诉他们,您必须出门。"

"我对他们讲过了。"

"那么,让他们留在您家里吧。他们看到您离开以后,便会走开的。"

"那是在搞得乱七八糟以后!"

"他们想干什么呢?"

"他们想来看您。"

"他们叫什么名字?"

"您认识其中一位,他是加斯东·R先生。"

"啊!是的,我认识他。另一位呢?"

"阿尔芒·迪瓦尔先生。您不认识他吗?"

"不认识。不过您把他们带来吧,除了伯爵以外,谁我都乐意见面。我等着您,快来吧。"

玛格丽特关上窗子,普吕珰丝也把窗子关上。

玛格丽特刚才记起了我的面孔,却想不起我的名字。我宁愿她记起对我不好的印象,也不愿意她把我的名字给忘了。

"我早就知道,"加斯东说,"她会乐意见到我们的。"

"乐意谈不上,"普吕珰丝回答,一边搭披肩,戴上帽子,"她接待你们,是为了打发走伯爵。你们要尽力做得比伯爵讨人喜欢一些,否则,我了解玛格丽特,她会跟我翻脸的。"

我们跟着普吕珰丝一起下楼。

我有点紧张,我觉得这次拜访要对我的一生产生重大的影响。

比起那晚在滑稽歌剧院的包厢里把我介绍给她的时候,此刻我还要激动。

走到您认得的那套公寓的门口时,我的心怦然乱跳,脑子里已经没有了主意。

几下钢琴的和音传到我们的耳朵里。

普吕珰丝去拉门铃。钢琴声沉寂了。

有个女人来给我们开门,她的模样更像一个雇来的女伴,而不是一个女佣。

我们先穿过大客厅,再来到小客厅,里面的陈设就像您后来看到的那样。

一个年轻人倚在壁炉上。

玛格丽特坐在钢琴前面,手指在琴键上驰骋,弹奏一首首曲子,每一首都没有弹完。

这个场面一派沉闷的气氛,男的是因为自己的平庸而局促不安,女的是因为这个丧门星的来访而叫苦不迭。

一听到普吕珰丝的声音，玛格丽特便站了起来，向杜韦努瓦太太投去一个表示感谢的眼色，同时向我们迎了上来，对我们说：

"请进，先生们，欢迎光临。"

九

"晚上好,亲爱的加斯东,"玛格丽特对我的同伴说,"我看到您很高兴。在杂耍剧院,您为什么不到我的包厢里来?"

"我担心过于冒昧。"

"朋友嘛,"玛格丽特强调这个词,仿佛她要在场的人明白,虽然她接待加斯东的方式很亲热,但他过去和现在始终只是一个朋友,"朋友永远不会冒昧。"

"那么,请允许我向您介绍阿尔芒·迪瓦尔先生!"

"我已经答应普吕琼丝给我做介绍。"

"再说,夫人,"这时我躬身说,终于使我的声音变得几乎能听得清,"我已经有幸被介绍给您了。"

玛格丽特的迷人眼睛似乎在往事中寻找,但是她一点回忆不起来，或者显得根本回忆不出。

"夫人，"于是我又说，"我很感谢您忘记了第一次介绍，因为当时我非常可笑，在您看来一定很讨人厌。那是两年前，在滑稽歌剧院，我同欧内斯特在一起。"

"啊！我想起来了！"玛格丽特微笑着说，"那时候笑的不是您，而是我爱戏弄人，现在我还有点这样，不过好一些了。您已经原谅我了吧，先生？"

她把手伸给我，我吻了一下。

"不错，"她又说，"请想象我有个坏习惯，就是想为难我第一次见到的人。这样做是很蠢的。我的医生说，这是因为我有点神经质，而且身上总是不舒服，请相信我医生的话。"

"可是您看来身体非常健康。"

"噢！我曾经大病一场。"

"这我知道。"

"是谁告诉您？"

"人人都知道。我时常来打听您的情况，我很高兴知道您痊愈了。"

"我从来没有收到过您的名片。"

"我一向不留名片。"

"在我生病期间,天天有个年轻人来打听我的病情,却又从来不肯留下他的名字,这个人难道就是您吗?"

"就是我。"

"那么,您不仅宽宏大量,而且心地善良。"她朝我瞥了一眼,女人在给一个男人做评价时,就用这种眼光来补充她们的见解。随后她转身对德·N伯爵说:"伯爵,您就不会这样做。"

"我认识您只不过两个月呀。"伯爵辩解说。

"而这位先生认识我只有五分钟。您总拿蠢话来回答。"

女人对待她们不喜欢的人是冷酷无情的。

伯爵涨红了脸,咬着嘴唇。

我对他产生了怜悯,因为他看来像我一样坠入情网,而玛格丽特狠心的坦率态度大概使他很难堪,尤其是面对着两个陌生人。

"我们进来的时候,您正在弹钢琴,"我想改变话题,于是这样说,"难道您不乐意把我当作老朋友来对待,继续弹下去吗？"

"噢！"她说，一边倒在长沙发上，示意要我们也坐下，"加斯东知道我弹什么曲子。我跟伯爵单独相处时，都是这样的，但是，我不想让你们遭这份罪。"

"您为了我才有这种爱好吧？"德·N伯爵回嘴说，他竭力使微笑带有狡黠和讽刺的意味。

"您指责我有这种爱好就错了，这是我唯一的爱好。"

很明显，这个可怜的小伙子无言以对。他向年轻女子投了确实在哀求的一眼。

"那么，普吕珰丝，请说说，"她继续讲，"我托您办的事，您办好了吗？"

"办好了。"

"很好，过一会儿告诉我好了。我们要谈点事，在我没有跟您谈过话之前，您不要走掉。"

"我们大概来得很冒昧。"这时我说，"既然我们，不如说是我得到第二次介绍，可以把第一次忘掉，加斯东和我，我们就此告辞了。"

"千万别走，这话我并不是冲着你们来的。相反，我希望你们留下。"

伯爵掏出一块非常漂亮的表,看了看时间。

"我该去俱乐部了。"他说。

玛格丽特一声不响。伯爵于是离开壁炉,向她走来:

"再见,夫人。"

玛格丽特站起身来。

"再见,亲爱的伯爵,您已经要走了吗?"

"是的,我担心使您厌烦了。"

"今天您不比往日更使我厌烦。什么时候能再见到您呢?"

"只要您允许。"

"那么,再见!"

您得承认,这真是无情。

幸亏伯爵受过良好的教育,又很有涵养。玛格丽特相当没精打采地向他伸出手去,他只是吻了一下,向我们行了个礼,然后出去了。

正当他跨出房门的时候,我望了一下普吕珰丝。

她耸了耸肩,那种神态意味着:

"您叫我怎么办呢，我能做的都做了。"

"纳尼娜！"玛格丽特叫道，"给伯爵先生照个亮。"

我们听到开门和关门的声音。

"总算走了！"玛格丽特回来时嚷着说，"这个年轻人使我心烦意乱得厉害。"

"亲爱的孩子，"普吕珰丝说，"您对他太刻薄了，他待您多么温柔体贴啊。您看壁炉上还有他送给您的一块表，我有把握这块表花了他至少一千埃居。"

杜韦努瓦太太走近壁炉，拿起她所说的那件精巧玩意儿把玩着，并投以贪婪的目光。

"亲爱的，"玛格丽特坐到钢琴前说，"我把他给我的礼物和他对我所说的话，放在天平的两边衡量一下，我觉得接受他来访的代价太便宜了。"

"这个可怜的年轻人热恋着您呢。"

"如果我必须倾听所有爱上我的人说话，我就连吃饭的时间也没有了。"

她让手指在琴键上飞舞，然后她转过身对我们说：

"你们想吃点什么吗？我呢，我很想喝一点潘趣酒。"

"我呀，我想吃一点仔鸡，"普吕珰丝说，"我们吃夜宵好不好？"

"就这样，我们去吃夜宵吧。"加斯东说。

"不，我们就在这里吃夜宵。"

她打铃，纳尼娜进来了。

"派人去准备夜宵。"

"要吃些什么呢？"

"随你安排，不过要快，马上送来。"

纳尼娜出去了。

"就这样，"玛格丽特像个孩子似的跳着说，"我们要吃夜宵。那个笨蛋伯爵真使人厌烦！"

我越看这个女人，越是入迷。她美得令人心醉神驰。甚至她的瘦削也有一种风韵。

我看得出了神。

对我身上起的变化，我很难解释清楚。我对她的身世充满了原宥之心，对她的美貌充满了赞美之情。她不愿接受一个漂亮、富有、准备为她倾家荡产的年轻人，这种毫不势利的表现使我原谅了她以往的所有过错。

在这个女人身上，有着某些单纯的东西。

可以看出她虽然过着放纵的生活，但仍然保持纯真。她步态稳健，体态娉婷，玫瑰色的鼻孔张开，一对瞳仁周围有一圈淡蓝色，这一切表明她是一种天性热情的人。在这样的人周围，总是散发出一种享乐的芬芳，犹如那些东方的香水瓶一样，不管盖得多严，里面香水的芬芳仍然要泄漏出来。

总之，不管是出于气质，还是出于她的疾病的症状，在这个女子的眼里，不时地闪耀出欲望的光芒；这种欲望的表露，对于她曾经爱过的人来说，不啻一种天启。但是爱过玛格丽特的人不胜枚举，而她爱过的人还数不出来呢。

一句话，在这个姑娘身上，可以看出处女的成分，只不过她一失足才成了妓女，而这个妓女很容易又会成为最多情、最纯洁的处女。在玛格丽特身上还有一些倨傲和独立精神：这两种精神受了挫伤之后，可能起到贞洁所起的作用。我一言不发，我的灵魂似乎完全钻进我的心里，而我的心又仿佛钻进了我的眼睛里。

"这样说，"她突然又说，"我生病期间，常来打听我病情的就是您？"

"是的。"

"您知道这太棒了!我该怎样做才能感谢您呢?"

"允许我经常来看您。"

"悉听尊便,下午五点到六点,半夜十一点到十二点都可以。喂,加斯东,请为我弹一首《邀舞曲》①。"

"为什么?"

"首先是为了让我高兴,其次是因为我一个人弹不了这首曲子。"

"那么,您在什么地方感到棘手呢?"

"第三分谱升高半音的一段。"

加斯东站起身来,坐到钢琴前面,开始弹奏韦伯的这首绝妙的曲子,乐谱就摊开在谱架上。

玛格丽特一手扶着钢琴,望着琴谱,目光随着每个音符移动,她低声吟唱着。当加斯东弹到她指出的那一段时,她一面用手指敲打着钢琴顶部,一面小声唱着:

"来,咪,来,多,来,法,咪,来,这就是我弹不了

---

① 《邀舞曲》德国作曲家韦伯(1786—1826)的钢琴曲(1819),在全欧获得成功,柏辽兹改成管弦乐,后人又改成芭蕾舞《玫瑰幽灵》(1911)。

的地方。请再弹一遍。"

加斯东重弹一遍,弹完以后,玛格丽特对他说:

"现在让我来试试。"

她坐下弹了起来,但是她那不听使唤的手指,弹到刚才指出的几个音符时,总是弹错。

"真是令人难以相信,"她用一种酷似孩子的腔调说,"我就是弹不好这一段!有时我弹这一段弹到凌晨两点钟,信不信由您!当我想到这个笨蛋伯爵不看乐谱却弹得非常出色时,我想正是这一点使我对他大发其火。"

她再弹一遍,还是老样子。

"让韦伯、乐谱和钢琴统统见鬼去吧!"她说,一边把乐谱扔到房间的另一头,"为什么我不能连续弹出八个高半音呢?"

她交叉抱起双臂,望着我们,气得跺脚。

她的脸颊升起一片红晕,一阵轻微的咳嗽使她半张开嘴。

"得啦,得啦,"普吕琰丝说,她已经脱掉帽子,在镜子前面理顺分梳的头发,"您马上又要生气,弄得不舒服了,我们不如去吃夜宵吧。我呀,我饿坏了。"

玛格丽特重新打铃,然后她又坐到钢琴前面,轻声地哼着一首轻浮的歌曲,一面伴奏,一点儿也没有出错。

加斯东会唱这首歌,他们就来了个二重唱。

"别唱这种下流曲子了。"我用恳求的语气亲切地对玛格丽特说。

"噢!您多么纯洁无瑕啊!"她微笑着对我说,一面把手伸给我。

"这不是为了我,是替您着想啊!"玛格丽特做了一个手势,意思是说:"噢!我呀,我早就跟贞洁一刀两断了。"

这当儿纳尼娜走了进来。

"夜宵准备好了吗?"玛格丽特问。

"夫人,过一会儿就好了。"

"对了,"普吕珰丝对我说,"您没有看过这套公寓?来吧,我领您去看看。"

您知道,客厅布置得富丽堂皇。

玛格丽特陪了我们一会儿,然后她叫上加斯东,同他一起到餐室去,看看夜宵是不是准备好了。

"看，"普吕珰丝高声地说，她望着一只多层架子，从上面拿下一个萨克森小塑像，"我还不知道您有这么一个小塑像呢！"

"哪一个？"

"手里拿着一只鸟笼的小牧童，笼里还有一只鸟。"

"如果讨您喜欢，您就拿去吧。"

"啊！但是我担心夺走了您的东西。"

"我本来想把它送给我的女佣，我觉得它很丑陋。既然讨您喜欢，您就拿走吧。"

普吕珰丝只看重礼物本身，而不在乎送礼的方式。她把小塑像放在一边，把我领到梳妆间，指着挂在那里的两幅肖像细密画对我说：

"这就是德·G伯爵[①]，他曾经迷恋过玛格丽特，是他把她捧出来的。您认识他吗？"

"不认识。那么这一位呢？"我指着另一幅肖像细密画问道。

---

① 德·G伯爵写的是德·格拉蒙公爵的长子，安东尼·阿杰诺尔·德·吉什伯爵（1819—1880）。在第二帝国末期，他是外交大臣。

"这是小德·L子爵。他不得不离开了她。"

"为什么?"

"因为他差不多破产了。这又是一个爱过玛格丽特的人!"

"那么她一定很爱他啰?"

"这是一个非常古怪的姑娘,别人根本不知道怎么对待她。德·L子爵离开她那天晚上,她像往常一样去看戏,不过,在他离开的时候,她倒是哭了。"

这当儿,纳尼娜进来了,向我们禀报夜宵准备好了。

当我们走进餐室的时候,玛格丽特倚在墙上,而加斯东握着她的手,低声地对她说话。

"您疯了,"玛格丽特回答他说,"您很清楚我不愿意接受您。像我这样一个女人,您认识已有两年了,用不着现在才要求做我的情人。我们这些人,要么马上委身于人,要么永远也不肯。喂,先生们,入席吧。"

于是玛格丽特摆脱加斯东的手,让他坐在她右面,让我坐在她左面,然后她对纳尼娜说:

"你先去关照厨房里的人,如果有人拉铃,不要开门,然后你再来坐下。"

这样吩咐的时候,已是凌晨一点钟了。

这顿夜宵,欢乐达到极限。不时地爆发出一些脏话,有些圈子里的人认为这些脏话很逗乐,纳尼娜、普吕珰丝和玛格丽特就为之喝彩叫好。加斯东狂饮滥喝;他是一个心地善良的小伙子,但是他的思想由于早年染上的恶习而有点变坏了。我一度真想麻醉自己,与眼前这个场面同流合污,这般快乐好似美馔佳肴,我也参与其中。但是,我逐渐地脱离这片喧闹,我的酒杯始终盛得满满的,看到这个二十岁的美人喝酒,像个脚夫一样说话,别人讲得越不堪入耳,她越开怀大笑,我便变得近乎悲哀。

我觉得这种寻欢作乐,这种说话和喝酒的方式,在其他客人身上是放荡、坏习惯或者精力旺盛的结果;而在玛格丽特身上,我看则是一种忘却现实的需要,是一种兴奋、一种神经质的感应。每喝一杯香槟酒,她的面颊就覆盖一阵发烧的红潮,夜宵开始时轻微的咳嗽,久而久之变得相当厉害,迫使她把头仰靠在椅背上,每次咳嗽时,都要将双手按住胸脯。

每天这样狂饮滥喝,势必损伤她那孱弱的机体,我看了真是难过。

不出我所料,我担心的一件事终于发生了。将近夜宵结束时,玛格丽特一阵狂咳,这是我到来以后她咳得最厉害的一次。我觉得她的胸膛里五脏六腑都撕碎了。可怜的姑娘脸色变得通红,痛苦得合上眼睛,拿起餐巾擦拭嘴唇,一滴鲜血把餐巾染红了。于是她站起来,奔进了梳妆室。

"玛格丽特怎么啦?"加斯东问。

"她笑得太厉害,咳出血来了,"普吕珰丝说,"噢!没关系,她每天都这样。她就会回来的。让她独个待一会儿,她更喜欢这样。"

至于我呢,我忍不住了,尽管普吕珰丝和纳尼娜大吃一惊,想叫住我,但我还是去找玛格丽特。

十

她躲藏的那个房间只点亮一支蜡烛,蜡烛放在桌子上。她仰倒在一张大沙发上,连衣裙解开了,一只手按住心口,另一只手垂了下来。桌上有一只银面盆,盛着半盆水,水里漂浮着大理石花纹似的缕缕血丝。

玛格丽特脸色惨白,半张着嘴,竭力想喘过气来。她的胸脯不时地由于深呼吸而鼓胀起来,吐气以后,她仿佛轻松一些,有一会儿她处在舒适的状态中。

我走近她,她纹丝不动。我坐了下来,握住她放在长沙发上的那只手。

"啊!是您?"她对我说,笑了一笑。

看来我的脸大惊失色,因为她加了一句:

"您也生病了吗?"

"没有。而您呢,您还难受吗?"

"略微有点,"她用手帕擦掉由于咳嗽涌上来的眼泪,"眼下我对这种情况已经习惯了。"

"您这是在自杀,夫人,"于是我用激动的声调对她说,"我愿意做您的朋友,您的亲人,以便阻止您这样糟蹋自己。"

"啊!您实在用不着大惊小怪,"她用悲凉的语调辩解说,"请看别人是不是还关心我:这是因为他们很清楚,这种病无可救药。"

说完,她站起来,拿起蜡烛,放在壁炉上,照了照镜子。

"我多么苍白啊!"她说,一面把连衣裙系好,用手指梳理散乱的头发,"啊!好了!我们重新入席吧。来吗?"

然而我坐着一动不动。

她理解这个场面在我身上引起的激动,因而她走近我,把手伸给我说:

"喂,来吧。"

我捏住她的手，把它放到嘴唇上，两滴忍了很久的眼泪止不住滴湿了她的手。

"咳，多么孩子气！"她边说边坐在我身边，"瞧您哭了！您怎么啦？"

"您一定认为我是个呆子，但是我刚才看到的情景令我难过极了。"

"您心地真善良！您叫我有什么办法呢？我睡不着觉，我必须散散心。再说，像我这样的姑娘，多一个少一个有什么关系呢？医生告诉我，我咯的血是从支气管出来的。我假装相信他们的话，我也只能这样对付他们了。"

"听着，玛格丽特，"于是我再也控制不住自己，便说，"我不知道您要对我的一生产生多大的影响，不过我知道的是，眼下我最关心的就是您，超过了对任何人，甚至超过了对我的妹妹。自从我见到您以来，情况就是这样。咦，看在上天的分儿上，好好照顾自己，不要再像眼下这样生活了。"

"即使我好好照顾自己，我也会死去。支持着我的，是我所过的狂放不羁的生活。再说，好好照顾自己，这对有家庭和朋友的上流社会妇女是有用的，但是我们呢，一旦我们不能再满足情人的虚荣心，不能再供他们寻欢作乐，他们就抛弃我们，于是漫漫长夜之后，白天仍然是度日如年。我对此一清二楚，唉，我曾经在床上躺了两个月，而三个星期之后，就没有人再来看我了。"

"我对您来说确实算不了什么，"我又说，"但是，只要您愿意，我会像亲兄弟一样照顾您，我不会离开您，我要治好您的病。等您体力恢复以后，您就可以随心所欲地再过眼下这种生活，但是，我十拿九稳，您会更爱过平静的生活，这种生活会使您更加幸福，会使您永葆青春美丽。"

"今天晚上您这样想，是因为您酒后伤感，但是今后您夸口的那份耐心，您是不会有的。"

"请允许我对您说，玛格丽特，您曾经生了两个月的病，在这两个月里，我天天来打听您的病情。"

"不错，但是，为什么您不上楼呢？"

"因为当时我不认识您。"

"跟我这样一个姑娘有什么可拘礼的呢？"

"跟女人在一起总是令人拘谨，至少这是我的想法。"

"这么说，您会照顾我啰？"

"是的。"

"您天天都待在我身边吗?"

"是的。"

"甚至每一夜?"

"只要我不使您讨厌,日日夜夜。"

"您把这个叫作什么?"

"忠心耿耿。"

"这忠心耿耿从何而来?"

"来自我对您无法克制的好感。"

"这么说,您爱上我了吗?马上说出来吧,这样干脆利落。"

"可能是的。不过,即使有朝一日我要向您表白出来,那么也不是今天。"

"您最好永远不要对我表白。"

"为什么?"

"因为这样表白只能有两种后果。"

"哪两种?"

"要么我不接受,那时您会怨恨我;要么我接受了,那么您就会有一个愁眉苦脸的情妇，一个神经质的、生病的、忧伤的女人，一个快乐的时候比悲哀更忧伤的女人，一个要咯血，而且每年花费十万法郎的女人。对公爵这样一个老富翁来说是可以承受的，而对您这样一个年轻人来说就很棘手了。证据是，我以前的所有年轻的情人都很快地离开了我。"

我闷声不响，我在倾听。这种近乎忏悔的坦率，这种我在遮盖着她的金色面纱之下依稀看到的痛苦生活，可怜的姑娘在放荡、酗酒和失眠中要逃避生活现实，这一切使我感慨万千，我一句话也说不出来。

"得了，"玛格丽特继续说，"我们在说孩子气的话。把手伸给我，我们回到餐室去吧。别让他们知道我们离开这段时间说了些什么。"

"您要回去就回去吧，但是我请您允许我留在这里。"

"为什么？"

"因为看您寻欢作乐使我难受至极。"

"那么，我就愁容满面好啦。"

"噢，玛格丽特，让我告诉您一件事，别人大概时常对您提起过，您听多了，习以为常，也许妨碍您信以为真。不过，这件事仍然是真实的，我以后再也不会跟您提起了。"

"什么事？"她对我说，那种微笑是年轻的母亲在听她们的孩子说傻话时浮现出来的。

"自从我见到您以后，我不知道怎么回事，也不知道什么原因，您在我的生活中占据了一个位置，我徒劳地想把您的形象从我的脑际驱除掉，但您的形象总是去而复返。我已经有两年没有见到您了，今天我遇到了您以后，您在我的心里和脑子里占据了更加重要的地位。最后，既然您接待了我，我认识了您，我知道了您所有的特殊情况，那么，您便成了我不可或缺的人。别说您不爱我，即使您不让我爱您，我也会发疯的。"

"但是，您是多么可悲啊，我要对您照搬 D 太太说过的话：'那么您是个阔佬啰！'这么说，您并不知道我每月要花费六七千法郎，这种花费对我的生活已成了必不可少的了。这么说，我可怜的朋友，您并不知道在短短的时间里我就会使您倾家荡产，您家里人会停止供给您一切费用，教训您不要同我这样的女人一起生活。像一个好朋友那么爱我吧，但不要换别种方式爱我。您来看看我，我们有说有笑，不过别夸大我的身价,因为我值不了许多。您心地善良,您需要得到爱情。您太年轻,太易动感情,不能生活在我们的圈子里。去找一个结过婚的女人吧。您看,我是一个善良的姑娘,同您说话直来直去。"

"好啊!你们在这里搞什么鬼啊?"普吕珰丝叫道。我们没有听见她来到的声音,只见她披头散发,连衣裙解开,突然出现在门口。我看得出是被加斯东的手弄乱的。

"我们是循规蹈矩的,"玛格丽特说,"让我们再待一会儿,我们马上会来的。"

"好,好,你们谈吧,孩子们。"普吕珰丝说,她走开了,关上了门,好像是为了加重她最后几句话的语气似的。

"就这样一言为定,"玛格丽特在只剩下我们俩时接着说,"您不要再爱我了。"

"我会远走高飞。"

"要到这种程度吗?"

我说得过头了,以至没有退路。但是,这个姑娘使我神魂颠倒。这种快乐、忧郁、纯真、卖淫的混合,甚至这种加剧她多愁善感、神经亢奋的疾病,这一切都使我明白,如果一开始我控制不了这个天性健忘和轻浮的女人,我就要失去她。

"喂,您说的话是认真的吗?"她问。

"非常认真。"

"但是,为什么您不对我早说呢?"

"我哪有机会对您说呢?"

"可以在滑稽歌剧院您被介绍给我的第二天嘛。"

"我想,如果那时我去看您,您接待我会很差劲的。"

"为什么?"

"因为我前一晚蠢头蠢脑的。"

"这倒是真的。但是,那时候您已经爱上了我?

"可这并不妨碍您在看完戏之后,回家安然躺下睡觉。这种伟大的爱情究竟是怎么回事,我们一清二楚。"

"那么,您就搞错了。您知道在滑稽歌剧院看戏那天晚上,我的所作所为吗?"

"不知道。"

"我在英国咖啡馆门口等候您。我尾随载走您的三位朋友的马车,当我看到您独自一个下车,回到家里时,我感到非常高兴。"

玛格丽特笑了起来。

"您笑什么?"

"没有什么。"

"说给我听听,我求求您,否则我会以为您还在嘲笑我。"

"您不会生气吗?"

"我有什么权利生气呢?"

"那么,我独自回家有一个好理由。"

"什么理由?"

"有人在那里等我。"

纵然她给我捅一刀,也不会使我比这更加痛苦。我站起身来,向她伸出手去。

"再见。"我冲着她说。

"我早就知道您会生气的,"她说,"男人总是兴致勃勃地想知道要使他们难堪的事。"

"但是,我向您保证,"我冷冷地又说,仿佛我想证明我已经彻底平息了我的激情似的,"我向您保证,我没有生气。有人等候您,这是自然而然的,就像我凌晨三点钟要离开,也是自然而然的事一样。"

"难道也有人在您家里等候您吗?"

"不,不过我必须离开了。"

"那么再见。"

"您打发我走?"

"绝对不是。"

"为什么您要使我难过呢?"

"我使您难过什么啦?"

"是您告诉我,那天有人在等您。"

"我想到您看到我独自回家,而且有一个好理由的时候,居然那样高兴,我就忍俊不禁。"

"人们经常犯孩子气,自得其乐。这时使人扫兴是很可恶的。只有让人保持快乐,才能使找到快乐的人更加高兴。"

"可是您究竟在跟谁打交道呢?我既不是处女,又不是公爵夫人。今天我才认识您,用不着向您汇报我的行动。就算有朝一日我成了您的情妇,您也必须知道,除了您以外,我还有别的情人呢。如果您事先已经跟我吃起醋来了,那么将来会怎样呢?就算存在将来这一天吧!我从来没有见过像您这样的男人。"

"这是因为还从来没有人像我这样爱过您。"

"喂，直说吧，您真的很爱我吗？"

"我想是最大限度地爱您。"

"从什么时候开始的？"

"从我看见您走下马车，踏进絮斯商店那一天开始，距今三年了。"

"您知道这真是妙不可言吗？那么，我该怎样做才能报答这伟大的爱情呢？"

"应该稍微爱我一下。"我说，剧烈的心跳使我几乎说不出话来。尽管她在这场谈话中一直带着半讥讽的微笑，但我还是觉得玛格丽特开始跟我一样心慌意乱。我长期以来翘首盼望的时刻临近了。

"那么拿公爵怎么办呢？"

"哪个公爵？"

"我的老醋坛子。"

"他会一无所知。"

"如果他知道了呢？"

"他会原谅您的。"

"嗳!不会的!他要摒弃我,那我怎么办呢?"

"您为了别人也在冒这种被摒弃的危险。"

"您怎么知道的?"

"您刚才吩咐今夜不要让任何人进来,从中透露了消息。"

"不错,不过这是一个庄重的朋友。"

"您并不怎么看重他,因为这种时候您让人把他挡在门外。"

"您不该责备我,因为这是为了接待你们——您和您的朋友。"

我逐渐地挨近玛格丽特,我已经搂住她的腰,我感到她柔软的躯体轻轻地压在我合拢的手上。

"要是您知道我多么爱您就好了!"我低声地对她说。

"当真?"

"我向您发誓。"

"好吧,如果您答应我,对我百依百顺,二话不说,不监视我,不盘问我,或许我会爱您的。"

"就按您的意思办!"

"不过，我有言在先，我要自由自在，随心所欲，丝毫不用把我的生活情况告诉您。我早应物色一位年轻的情人，他任我摆布，一往情深，毫不猜疑，得到爱情却不要求权利。我一直没有找到。男人们眼巴巴地期望着得到一次的东西，给了他们以后，时间一长，他们非但不满足，反而要他们的情妇讲清现在、过去甚至将来的情况。随着他们熟悉了情妇，他们便想控制她。给了他们所需要的一切以后，他们变得越发得寸进尺。如果眼下我决意再找一个情人的话，我要他具有三项罕见的品质，就是他要信赖人、顺从和谨慎。"

"好吧，您要怎样我都照办。"

"我们以后再说吧。"

"什么时候呢？"

"过些时候。"

"为什么？"

"因为，"玛格丽特说，一边挣脱我的手臂，在一大束早上送来的红色茶花中摘了一朵，插在我的纽孔里，"因为条约总不至于在签订的当天就加以执行嘛。"

这是容易理解的。

"那么我什么时候再见到您呢?"我说,一边把她紧紧搂在怀里。

"当这朵茶花改变颜色的时候。"

"什么时候它改变颜色呢?"

"明天晚上十一点钟到半夜之间。您高兴了吧?"

"这您还用问吗?"

"无论对您的朋友,对普吕珰丝,还是对任何人,都闭口不谈。"

"我答应您这样做。"

"现在抱吻我一下,然后我们回到餐室去。"

她把嘴唇贴近我,然后重新捋平头发。在我们走出这个房间的时候,她唱着歌,而我有点疯疯癫癫。

走进客厅时,她站住了,低声地对我说:

"我看来准备马上接受您的青睐,您该觉得有些古怪吧;您知道这是什么原因吗?"

"这是因为,"她继续说,一边握住我的手,把它按在她的胸口上,我觉得她的心在扑腾乱跳,"这是因为我不如别人活得长,我决心要抓紧时间生活。"

"别再跟我说这种话了,我求求您。"

"噢!您放心吧,"她笑着继续说,"即使我活不了多久,我也会活得比您爱我的时间长些。"

她唱着歌走进了餐室。

"纳尼娜在哪里?"她看到只有加斯东和普吕琔丝,便问。

"她在您的卧室打盹,等您上床睡觉呢。"普吕琔丝回答。

"可怜的姑娘!我把她累坏了!喂,先生们,请便吧,是时候了。"

十分钟以后,加斯东和我,我们告辞出来。玛格丽特和我握手道别,普吕琔丝留了下来。

"喂,"我们出来以后,加斯东问我,"您觉得玛格丽特怎么样?"

"她是个天使,我为她神魂颠倒了。"

"我早就料到了;您对她表白了吗?"

"是的。"

"她对您说过信以为真吗?"

"没有。"

"普吕珰丝可不一样。"

"她答应了您吗?"

"她做得更进一步,亲爱的!简直令人难以相信,她风韵犹存哪,这个胖乎乎的杜韦努瓦!"

十一

故事叙述到这里时,阿尔芒止住话头。

"请您关上窗子好吗?"他对我说,"我觉得有点冷了。您关上窗,我想躺一躺。"

我关上窗子。阿尔芒身体仍然十分虚弱,他脱掉室内便袍,躺到床上,将头靠在枕头上歇了一会儿,如同经过长途跋涉而精疲力竭,或者因痛苦的往事感到激动不安的人那样。

"也许您讲得太多了,"我对他说,"我还是告辞,让您睡觉好不好?改天您再把故事结局讲给我听。"

"您觉得这个故事无聊吗?"

"恰恰相反。"

"那么我就讲下去；如果您撇下我一个人，我也睡不着。"

当我回到家里以后，他继续说——用不着深思熟虑，所有的细节历历如在他的眼前——我没有睡下，我开始思索这一天的遭遇。和玛格丽特的会面，介绍给她，她对我许下的诺言，这一切是那么突如其来，始料不及，有的时候我还以为是在做梦。然而，一个男人向玛格丽特提出要求，她答应在第二天满足他，这并非破天荒第一次。

我这样思索没有什么作用，我未来的情妇给我的最初印象非常强烈，始终萦怀不去。我固执己见，认为她跟别的姑娘不一样。我怀着所有男人都有的虚荣心，倾向于相信，她不可抑制地对我就像我对她一样迷恋。

但是我又看到一些互相矛盾的例子，我常常听说，玛格丽特的爱情像商品一样，价格随着季节不同而涨落。

可是，另一方面，她又不断地拒绝我们在她家里遇到的那个年轻伯爵的要求，这件事同她的坏名声又怎么调和起来呢？您会对我说，她不喜欢伯爵，由于她有公爵供养，生活豪华，既然她要找另一个情人，她便宁愿爱上一个讨她喜欢的人。那么，为什么她不要漂亮、风趣、富有的加斯东，却看来要我呢？何况她第一次见到我时，还觉得我十分可笑。

不错。有时候一分钟发生的事，比一年的追求还起作用。

在吃夜宵的人中间，只有我看到她离席而去而焦急不安。我跟在她后面，我非常激动，无法掩饰。我吻她的手时，泪水涟涟。这种情况，加上在她患病的两个月里，我天天来探问她的病情，终于使她看到我与众不同。兴许她思量，对于一个这样表达爱情的人，她完全可以一如既往，她以前已经干过那么多次，这种事对她已经无足轻重了。

正如您看到的那样，所有这些假设是相当可能的。但是，不管她同意的原因是什么，有一点是确定无疑的，那就是她已经同意了。

我一直钟情于玛格丽特，我即将得到她，我绝对不能对她有进一步的要求了。但是我对您再说一遍，尽管她是受人供养的姑娘，说不定我把她诗意化了，我以前还是把这爱情看作毫无希望，因此，当这个希望要实现的时刻越是临近，我越是满腹狐疑。

我一夜没有合眼。

我失魂落魄，如痴似呆。时而我觉得自己不够漂亮，不够富有，不够风度翩翩，不配拥有这样一个女人；时而一想到能占有她，便沾沾自喜。接着我又开始担心玛格丽特不过是逢场作戏，对我只有几天的热情。我预感到关系很快就会破裂，结局悲惨。我心想，晚上也许最好不上她家去，把我的担心写信告诉她，然后远走高飞。随后，我又产生无限的希望和无比的信心。我做着关于未来的难以置信的美梦。我心想，由于我，这个姑娘治好了肉体上和精神上的疾病，我会同她过一辈子，她的爱情胜过最纯洁无瑕的情爱，使我格外幸福。

总之，我无法向您复述这千百种思绪，它们涌向我的脑际，但天亮时我睡着了，思绪也逐渐地消失。

我醒来时已是下午两点钟，风和日丽。我记不得我的生活如此美好，如此充实。昨夜的情景一幕幕呈现在我的脑海里，清晰异常，毫无困难，而且欢快地伴随着对晚上的希望。我匆匆地穿上衣服。我心情愉快，能一试身手，做出壮举。我的心因快乐和爱情而不时地怦然乱跳。柔情似火，使我心潮澎湃。我入睡前纠缠着我的千思百虑，此刻都不再放在心上。我只看到好结果，我只想着该再见到玛格丽特的时刻。

我无法待在家里。我觉得我的房间太小，容纳不下我的幸福；我需要向整个大自然倾诉衷肠。

我走出家门，来到昂坦街。玛格丽特的双座四轮轿式马车在她家门口等候她，我朝香榭丽舍大街的方向走去。凡是我遇到的人，即使我不认识，我也喜欢他们。

爱情使人多么美好啊！

我在玛尔利石马群像①和圆形广场之间漫步了一个小时，我远远看到玛格丽特的马车，我不是认出来的，而是猜度到的。

在转向香榭丽舍大街的拐角时，她让马车停下。一个魁梧的年轻人离开他在那里谈话的一群人，过去跟她交谈。

他们聊了一会儿，年轻人又回到他的朋友们中间，马车继续往前走。我走近那群人，认出刚才跟玛格丽特谈话的人

---

① 玛尔利石马群像，位于协和广场入口处，原为饮马槽的装饰品，是著名雕刻家库斯图（1677—1746）的作品。

就是德·G 伯爵；我见过他的肖像，普吕珰丝告诉过我，玛格丽特是他捧出来的。

昨天晚上玛格丽特吩咐挡驾的就是他。我设想她刚才把马车停下，是为了向他解释挡驾的原因。我希望她同时已找到新的借口，今晚也不接待他。

白天的其余时间是怎么度过的，我不知道。我走呀走，抽烟，谈话，但是，到了晚上十点钟，我说了些什么，我遇到过什么人，我一点也记不清了。

我记得清的是，我回到家里，花了三小时打扮，看了上百次我的挂钟和表，不幸的是它们走得分秒不差。

当十点半敲响时，我心想该出门了。

那时节我住在普罗旺斯街。我沿着勃朗峰街走去，穿过林荫大道，经过路易大帝街、马洪港街和昂坦街。我张望着玛格丽特的窗户。

屋里有灯光。我拉了拉门铃。

我问门房，戈蒂埃小姐是不是在家。

他回答我说，她在十一点钟或者十一点一刻之前从来回不了家。

我看了看表。原以为自己慢吞吞地走来，其实从普罗旺斯街走到玛格丽特家，我只花了五分钟。

于是，我就在这条没有商店，这时息无人影的街上踯躅。

半小时以后，玛格丽特回来了。她从马车上下来，环顾四周，仿佛在找人似的。

马车慢慢地开走了，马厩和车库不在这座房子里面。正当玛格丽特拉铃时，我走上前对她说：

"晚上好。"

"啊！是您？"她对我说，语气里透露出她在这儿见到我有点惴惴不安。

"您不是答应过，让我今天来拜访您吗？"

"不错，我倒是忘了。"

这句话把我早上的千思百虑和白天的种种希冀都推翻了。不过，我已经开始习惯她这种待人接物的方式，我没有一走了之，而以前我准定会这样做的。

我们进了门。纳尼娜已经预先把门打开。

"普吕珰丝回家了吗？"玛格丽特问。

"没有，夫人。"

"去说一声,让她一回家就过来。先去把客厅里的灯灭掉。如果有人来,就说我没有回家,而且今天不回家。"

显然,这个女人在忙于某件事,也许厌倦了一个讨厌的人。我茫然不知所措,也不知说什么话好。玛格丽特朝卧室那边走去,我待在原地不动。

"来吧。"她对我说。

她脱掉帽子和丝绒外套,扔在床上,然后跌坐在火炉旁边一张大扶手椅里。她吩咐过炉火一直生到夏初。她一边抚弄着表链,一边对我说:

"喂,有什么新鲜事跟我讲讲?"

"什么也没有,除了今晚我不该来以外。"

"为什么?"

"因为您看来不高兴,我一定使您厌烦了。"

"您没有使我厌烦,只不过我不舒服,整天身上难受,昨晚我没有睡好觉,我头痛得厉害。"

"那么我告辞,让您上床睡觉,好不好?"

"噢!您可以留下来,如果我想睡觉,我会当着您的面躺下。"

这当儿有人拉铃。

"还有谁来呢?"她说,做了一个不耐烦的动作。

过了一会儿,铃声又响了。

"这么说,没有人去开门,还得我自己去开。"

她当真站了起来,对我说:

"您等在这里。"

她穿过套房,我听到开门的声音——我在谛听。

她放进来的人在餐室停住脚步。他一开口,我就听出是德·N伯爵的声音。

"今天晚上您身体怎么样?"他问。

"不好。"玛格丽特干巴巴地回答。

"我打搅了您吗?"

"兴许是。"

"您怎么这样接待我!我哪里得罪了您,亲爱的玛格丽特?"

"亲爱的朋友,您哪里也没有得罪我。我不舒服,我需要睡觉,因此,您就此告辞会令我愉快的,每天晚上刚回来五分钟就看到阁下光临,这真叫我头痛。您要怎么样?要我做您的情人吗？那么我已经对您讲过一百遍了：不行。我非常讨厌您，您另打主意吧。今天我对您说最后一遍：我不想接受您，一锤定音。再见。哦，纳尼娜回来了，她会给您照亮的。晚安。"

于是，玛格丽特不再多讲一句话，也不听年轻人期期艾艾地说些什么。她回到卧室，呼的一声把门关上，纳尼娜几乎紧接着也从这扇门进来。

"你听我说，"玛格丽特对她说，"以后你一成不变地对这个笨蛋说，我不在家，或者说我不愿意接待他。有的人老是来向我要求同样的东西，他们为我付钱，就自以为同我算清账了，不断地看到这些人，真叫我烦透了。如果那些开始要操持我们这种卖笑生涯的女人知道这是怎么一回事，她们会宁可去做女用人。但是不行啊，要有衣裙、马车和钻石的虚荣心，把我们往火坑里拖。我们听信了别人的话，因为卖笑也自有诺言。于是我们逐渐地消耗掉心灵、躯体和姿色，别人像见到猛兽一样惧怕我们，像对贱民一样蔑视我们，包围着我们的人总是给得少拿得多。有朝一日我们会在毁掉别人再自我毁灭以后，像条狗一样无声无息地死去。"

纳尼娜

"得了，夫人，您平静一下，"纳尼娜说，"今天晚上您神经太兴奋了。"

"这件连衣裙我穿了不舒服，"玛格丽特又说，一边拉开胸衣的搭扣，"给我一件浴衣。嗳，普吕珰丝呢？"

"她还没有回来，不过，她一回家，就有人叫她到夫人这里来的。"

"你看，这里又有一个，"玛格丽特继续说，一边脱下连衣裙，穿上一件白色浴衣，"你看，这里又有一个，她用得着我的时候会找到我，却不肯真心实意地帮我一次忙。她知道我今晚在等待这个回音，我需要知道这个回音，我焦急不安，我敢说她不把我的事放在心上，东颠西跑去了。"

"兴许她被人拖住了。"

"给我们上潘趣酒。"

"您会更伤身体的。"纳尼娜说。

"那样更好。再给我拿些水果，馅饼，或者一只鸡翅膀，随便什么东西，快一点，我饿了。"

用不着告诉您，这个场面在我身上产生的印象。您猜得出，对吗？

"您待会儿跟我一起吃夜宵，"她对我说，"您暂且拿一本书看看，我要到梳妆室去一下。"

她点亮一只枝形烛台上的几支蜡烛，推开床脚旁边的一扇门，走了进去。

至于我，我开始思考这个姑娘的生活，也许出于怜悯，我对她的爱更钟情了。

我一面思索，一面在房间里来回走动，这时候普吕琰丝进来了。

"啊，您在这里？"她对我说，"玛格丽特在哪儿？"

"在梳妆室里。"

"我等她。喂，她觉得您很迷人，您知道吗？"

"不知道。"

"她没有对您漏过口风吗？"

"完全没有。"

"您怎么在这里？"

"我来看望她。"

"在半夜？"

"为什么不可以呢？"

"笑话！"

"她待我不很好。"

"她会待您好的。"

"当真？"

"我给她带来一个好消息。"

"那倒不错，这么说，她对您谈起过我吗？"

"昨天晚上，或者不如说今天早上，在您和您的朋友走了以后……对了，您的朋友怎么样？我想，别人叫他加斯东·R吧？"

"是的。"我说，想起加斯东对我透露的知己话，又看到普吕珰丝几乎不知道他的名字，我不由得微笑起来。

"这个小伙子很可爱，他是干什么的？"

"他有两万五千法郎年收入。"

"啊！当真！好吧，现在还是谈谈您的事，玛格丽特向我打听您。她问我，您是什么人，做过什么事，您有过哪些情妇，总之，像您这个年龄的人，凡是能问的都问了。我把我所知道的情况向她和盘托出，还加了一句，您是一个迷人的小伙子，就是这些。"

"谢谢您,现在,请告诉我,昨天她托您办什么事?"

"什么事也没有托,她只是说要把伯爵撵走,不过今天她托我办一件事,今天晚上我就是来告诉她回音的。"

这当儿,玛格丽特走出了梳妆室,妩媚地戴着一顶睡帽,帽子装饰着一束黄色缎带,专业术语叫作甘蓝形缎结。

她这样打扮非常迷人。

她光脚穿着一双缎面拖鞋,打磨着指甲。

"喂,"她瞧见普吕珰丝,便说,"您见到公爵了吗?"

"当然啰!"

"他怎么对您说?"

"他给我了。"

"多少?"

"六千。"

"在您身上吗?"

"是的。"

"他的神态不高兴吗?"

"没有。"

"可怜的人!"

这句"可怜的人!"说话的口气真是难以形容。玛格丽特接过六张一千法郎的钞票。

"来得正是时候,"她说,"亲爱的普吕珰丝,您需要用钱吗?"

"您知道,我的孩子,过两天是十五日,如果您能借给我三四百法郎,您就帮了我的忙啦。"

"明天上午送去吧,现在换钱太晚了。"

"可别忘了呀。"

"放心吧。您跟我们一起吃夜宵吗?"

"不了,沙尔在我家里等我。"

"这么说,您一直迷着他吗?"

"神魂颠倒呢,亲爱的!明天见。再见,阿尔芒。"

杜韦努瓦太太走了。

玛格丽特打开组合柜的抽屉,把钞票往里一扔。

"对不起,我躺下了!"她微笑着说,一面向她的床走去。

"我不但允许,而且请求您这样做。"

她把镶着镂空花边的床罩翻到床脚,躺了下来。

"现在,"她说,"您过来坐在我身边,我们聊聊吧。"

普吕珰丝说得对,她捎来的回音使玛格丽特喜滋滋的。

"今天晚上我脾气不好,您能原谅我吗?"她握住我的手说。

"再多的事我也会原谅您。"

"您爱我吗?"

"爱得发狂。"

"不顾我的坏脾气吗?"

"一切都不顾。"

"您向我发誓!"

"我发誓。"我低声地对她说。

这时候纳尼娜进来了,端来几只盘子,一只冷仔鸡,一瓶波尔多①葡萄酒,草莓和两副餐具。

"我没有吩咐给您调潘趣酒,"纳尼娜说,"波尔多葡萄酒对您更合适。是不是,先生?"

"当然。"我回答,听了玛格丽特刚才那几句话,我还在

---

① 波尔多,法国西南重镇、港口,所产葡萄酒负有盛名。

激动不已,眼睛直愣愣地盯住她。

"好吧,"她说,"把东西都放在小茶几上,移到床前,我们自斟自吃。你已经熬了三个晚上,一定很困了,你去歇歇吧。我什么也不再需要了。"

"要把门锁上两重锁吗?"

"我想要的!特别要吩咐一下,明天中午以前,不要放任何人进来。"

十二

清早五点钟,当晨曦开始透过窗帘的时候,玛格丽特对我说:

"请原谅,我要赶你走了,不过必须这样。公爵每天早上都要来。他来的时候,用人会对他说,我还在睡觉,说不定他要等我醒来。"

我把玛格丽特脑袋托在手上,她散乱的头发垂落下来,我最后给了她一吻,对她说:

"我什么时候再同你见面?"

"听着,"她回答,"拿上放在壁炉上那把金色的小钥匙,去打开这扇门,再把钥匙拿回来,然后你走吧。白天你会收到我的一封信和我的吩咐,因为你知道,你应该盲目地服从。"

"是的，不过，如果我先提出要件东西呢？"

"究竟要什么？"

"请将这把钥匙给我。"

"你问我要的东西，我从来没有答应给过别人。"

"那么，就答应给我吧，因为我向你发誓，我呀，我爱你跟别人的爱法不一样。"

"好吧，你留下吧，但是我有言在先，这把钥匙对你是不是有用，完全取决于我。"

"为什么？"

"门里还有插销。"

"真可恶！"

"我会叫人把插销取下来。"

"这么说，你有点儿爱我啰？"

"我不知道是怎么一回事，但是我觉得确实如此。现在你走吧，我困极了。"

我们紧紧地拥抱了一会儿，然后我离开了。

街上空空荡荡，这座大城市还在酣睡之中，这些街区掠过一阵阵沁人心脾的凉风,再过几个小时,眼看就要人声嘈杂了。

我觉得这座沉睡未醒的城市是属于我的。我在记忆中搜索,至今我嫉羡过有桃花运的人名,我想不出有哪一个比我更加有艳福。

得到一个圣洁少女的爱,第一个向她披露爱情的奥秘,当然,这是无上的幸福,但是,这是世上最普通不过的事。赢得一颗没有领略过情人进攻的心,这等于进入一个开放的、没有设防的城市。教育、责任感和家庭都是非常机警的哨兵,不过,警惕性再高的哨兵,都要受二八年华的少女之骗,造化通过她心爱的男子的声音,对她提出初恋的主意,这些主意越是显得纯洁无邪,它们就越是来势汹汹。

少女越是相信人们善良,就越容易失身,如果不是失身于情人的话,至少是沉湎于爱情。因为她毫不怀疑,就等于丧失了力量。得到这样一个少女的爱情,虽说是一个胜利,但这种胜利凡是二十五岁的男子都唾手可得。这是千真万确的,因此,请看这些少女周围真是草木皆兵,戒备森严!修道院的围墙还不够高,母亲们的锁还不够结实,宗教规定的责任还不够持久，都不足以把这些迷人的小鸟关在笼子里。人们甚至不用费劲地向笼子投掷鲜花，去引诱小鸟。因此，这些少女该是多么向往别人遮盖住的世界啊！她们该是多么相信这个世界是引人入胜的啊！当她们隔开铁栅，第一次听到有人向她们叙述爱情的奥秘时，她们该是多么凝神屏息啊！对于首先揭开神秘纱幕一角的那只手，她们该是怎样给它祝福啊！

但是要真正地得到一个妓女的爱情，那是困难得多的胜利。她们的肉欲腐蚀了灵魂，感官灼伤了心灵，放荡排除了多愁善感。别人对她们说的话，她们早已听腻了；别人使用的手段，她们十分熟悉；她们使人产生的爱情本身，她们已经出卖了。她们去爱是出于职业需要，而不是出于冲动。她们防范周密是出于算计，胜过一个处女被她的母亲和修道院严加看管。因此，她们把那些不做交易的爱情叫作逢场作戏；她们不时地过过瘾，当作休憩，当作借口，或者当作安慰。她们活像那些高利贷者，他们盘剥了成百上千的人，只要有一天借了二十法郎给一个快要饿死的穷鬼，不要他付利息，也不要他写借据，就自以为赎清前愆了。

再有，当天主允许一个妓女萌生爱情的时候，这种爱情起初似乎是一种宽恕，后来几乎总是变成对她的惩罚。没有忏悔就谈不上赦罪。一个女人要对自己的往昔深自谴责，突然觉得自己产生了深沉的、真诚的、不能遏制的爱情。她从来认为自己不可能有的爱情，当她把它坦露出来的时候，她的意中人就会左右她！他自以为了不起，拥有对她这样讲的残酷的权利："您为爱情所做的，跟您为金钱所做的一模一样。"

这时候，她们真不知道怎样来表明自己的心迹。有一则寓言写道：一个孩子想打搅农夫，在地里长时间叫喊："救命啊！"这样来闹着玩。有一天，一头熊果然把他吞掉了，而那些常常受骗的农夫这次不相信他真正的呼救声。这就像那些可怜的妓女认真地恋爱的时候一样。她们说谎次数太多，以致别人不再相信她们了，于是她悔恨莫及，被爱情销蚀掉。

由此产生忠贞不贰、认真从良的妓女，这种情况已经不乏先例。

但是，只要激起这种赎罪的爱情的男子有一颗宽宏的心，愿意接受她，而不去回忆她的往昔；只要他投身于爱情中，总之，只要他像得到她的爱那样去爱，这个人就一下子享尽人间所有的激情。经历了这次爱情，他的心扉便对别的人合闭上了。

这些想法并不是在我回家那天早上，萦回于我脑海里的。它们可能只是我稍后的一些遭遇的预感，虽然我爱上了玛格丽特，却看不出相似的后果。今天我才做出这些思考。一切都已无可挽回地结束了，这些思考自然而然来自发生过的事。

还是言归正传，回到这次交往的第一天来吧。我回家以后，真是欣喜若狂。想到我假设的在玛格丽特和我之间竖起的障碍已经消失，想到我已经得到她，想到我在她的脑子里占有一定的地位，想到我的口袋里有她家的钥匙，而且我有权利使用这把钥匙，我对生活心满意足，踌躇满志，我热爱赐给我这一切的天主。

一天，一个年轻人走过一条街，他同一个女人擦肩而过，他望了望她，回转身走了。这个女人他不认识。她有自己的快乐、烦恼、爱情，跟他毫不相干。对她来说，他不存在。如果他跟她搭讪,她也许会像玛格丽特对待我那样嘲弄他。几个星期,几个月,几年一晃而过,突然,正当他们各自按不同的方向随着命运往前的时候,机缘凑巧,他们面对面相会了。这个女人爱上了他,成了这个男子的情妇。这怎么回事?又是为什么?他们两人的生活合而为一。一旦他们如胶似漆,这种关系便好似始终存在一样,一切往事都从两个情人的记忆中消失了。我们承认这是不可思议的。

至于我呢,我再也记不清昨夜以前我是怎样生活过来的。想起这第一夜交谈的话,我全身快乐得热血沸腾。要么玛格丽特善于骗人,要么她对我有一股突如其来的激情,这种激情在第一次接吻以后就显示出来了。尽管如此,有时候它又会消失,正像它产生时那样。

我越思索越觉得玛格丽特没有任何理由假装爱我,其实她并没有爱情。我还想,女人有两种恋爱方式,这两种方式可以互为因果:女人要么用心灵去爱,要么用感官去爱。往往女人挑上一个情人,只是为了听从感官的愿望,而且她出乎意料地知道了非肉欲爱情的奥秘,只靠爱情来生活。一个少女通常只在婚姻中寻找双方纯洁爱情的结合,后来才获得肉欲爱情的突然显现，也就是心灵最圣洁的感受产生的有力结果。

我在思索中入睡了。玛格丽特的来信把我唤醒，信里写着这样几句话：

> 这是我的吩咐：今天晚上在沃德维尔剧院见面。在第三次幕间休息时来找我。
>
> 玛·戈

我把这封短笺锁在抽屉里。我有时很多疑，万一发生什么情况，我手里可以有真凭实据。

她没有叫我白天去看她，我不敢到她家里去，但是我实在想在傍晚之前见到她，于是我来到香榭丽舍大街。同昨天一样，我在那里看到她经过，并从马车上下来。

七点钟，我来到沃德维尔剧院。我从来没有这样早赶到剧院。

所有包厢相继地坐满了人。只有一个包厢是空着的，底层舞台旁边那个包厢。

第三幕开始的时候,我听见那个包厢有开门的声音,我的眼睛几乎不断地盯住那个包厢。玛格丽特出现了。

她随即走到包厢前面,在正厅前座搜索着,看到了我,用目光向我表示感谢。

这天晚上她美若天仙。

她是为了我才盛装艳服的吗?难道她非常爱我,认为我愈觉得她漂亮,我就愈幸福吗?这一点我还不知道。但是,如果她的想法确实是这样的话,她就成功了。因为她一露面,观众的脑袋便起伏不定,纷纷向她转过去,连舞台上的演员也望着她,因为她一出现就使观众倾倒。

而我却揣着这个女人家里的钥匙,再过三四小时,她又将属于我了。

人们谴责那些为了女伶和受供养的女人而倾家荡产的人,使我惊奇的是,他们怎么没有为这些女人做出荒唐得多的事。必须像我一样,经历过这种生活,才能了解到,她们每天都允许情人有细小的虚荣心,这种虚荣心强有力地联结着情人心中对她们的爱情——因为我们找不到别的字眼。

随后,普吕珰丝也在包厢落座,还有一个男人,我认出是德·G伯爵，坐在包厢后面。

看到他，一阵冰凉掠过我的心房。

不消说，玛格丽特发觉了这个男人出现在她的包厢，对我产生了影响，因为她又对我笑了笑，然后背对着伯爵，好像在专心致志地看戏一样。到了第三次幕间休息时，她回过身去，说了两句话，伯爵离开了包厢，于是玛格丽特做手势要我过去看她。

"晚安。"我进去时她对我说，向我伸出了手。

"晚安。"我同时对玛格丽特和普吕珰丝说。

"请坐。"

"我占了别人的座位了。难道德·G伯爵不回来了吗？"

"要回来的。我打发他去买糖果，好让我们单独聊一会儿。杜韦努瓦太太是靠得住的。"

"不错，我的孩子们，"杜韦努瓦太太说，"放心吧，我会守口如瓶。"

"今天晚上您怎么啦？"玛格丽特说，她站起来，走到包厢的暗处，抱吻我的额角。

"我有点儿不舒服。"

"您应该去睡觉。"她说,那嘲讽的神态跟她聪明乖巧的脑袋非常相配。

"睡在哪里?"

"睡在您家里。"

"您明明知道我在家里睡不着觉。"

"那么您不要因为看见有个男人在我的包厢里,就来给我脸色看。"

"不是为了这个原因。"

"恰恰相反,我看出来了,而您是做错了。因此,我们撇开这个不谈吧。散场后您到普吕珰丝家里去,一直待到我叫您。您听明白吗?"

"听明白了。"

我还能不服从吗?

"您始终爱我吗?"她问。

"瞧您问的。"

"您想我了吗?"

"整天想。"

"您知道我确实担心爱上了您吗?还是去问普吕珰丝吧。"

"啊!"胖姑娘回答,"真是叫人烦死了。"

"现在,您回到自己的座位上去。伯爵快要回来了,没有必要让他在这里碰见您。"

"为什么?"

"因为您看见他心里会不痛快。"

"不,不过,要是您早跟我说,今天晚上想到沃德维尔剧院来,我也会像他一样,把这个包厢的票子给您送去的。"

"可惜的是,我没有问他要票,他就给我送来了,还提出要陪我一起来。您很清楚,我不能拒绝。我所能做的是,写信告诉您,我要上哪里去,让您能见到我。因为我自己也很乐意早些再见到您。既然您是这样来感谢我的,那我就要记住这次的教训啰。"

"是我错了,原谅我吧。"

"那就好,乖乖地回到您的座位上去,尤其不要再嫉妒了。"

她再次抱吻我,我走了出来。

在走廊里,我遇到回来的伯爵。我回到了自己的座位上。

总之，德·G伯爵在玛格丽特的包厢里出现，是最普通不过的事。他过去是她的情人，给她送来一张包厢票，陪她去看戏，这一切都是极其自然的事。既然我有一个像玛格丽特那样的姑娘做情妇，我就必须容忍她的习惯。

在晚上余下的时间里，我仍然觉得很不幸。看到普吕珰丝、伯爵和玛格丽特登上在剧院门口等候的敞篷四轮马车以后，我也闷闷不乐地走了。

但是，一刻钟以后，我便来到普吕珰丝家里。她刚好回来。

十三

"您来得几乎跟我们一样快。"普吕琞丝对我说。

"是的。"我不假思索地回答,"玛格丽特在哪里?"

"在她家里。"

"单独一个人吗?"

"跟德·G伯爵在一起。"

我在客厅里来回走着。

"喂,您怎么啦?"

"您以为我在这里等着德·G伯爵从玛格丽特家里出来,这很有趣吗?"

"您也太不讲情理了。要知道玛格丽特不能把伯爵撵出门去。德·G先生跟她来往已经很久,他给过她很多钱,他眼下还在给她钱。玛格丽特每年要花费十万法郎以上，她欠了许多债。只要她开口，公爵便给她送钱来。但是她不敢老是要公爵负担全部开销。伯爵每年给她万把法郎，她不该同他闹翻。玛格丽特深深爱着您，亲爱的朋友，但是您同她的关系，从你们俩的利益出发，不应该看得过于认真。您的七八千法郎生活费，是不够这个姑娘挥霍的，连维持她的车马都不够。还是让玛格丽特保持原样，把她看作一位聪明美丽的好姑娘，做她一两个月的情人，送给她鲜花、糖果和包厢票，其他的事您就不必操心啦，而且不要跟她争吵，滑稽可笑地争风吃醋。您很清楚是在跟谁打交道，玛格丽特不是什么贞洁女人。她很喜欢您，您也很爱她，其他的事您就不用担心了。我觉得您这样敏感易怒是很可爱的！您的情妇是巴黎最讨人喜欢的女人！她在富丽堂皇的公寓里接待您。她满身珠光宝气，只要您愿意，她并不要您花一个铜子儿，而您还不高兴呢。真见鬼！您太苛求了。"

"您说得对，但是我身不由己，想到这个人是她的情夫，我就难受得要命。"

"首先，"普吕珰丝又说，"眼下他还是她的情夫吗？这个人她用得着，如此而已。

"两天以来，她把他拒之门外，今天早上他来过，她没有别的办法，只得接受他的包厢票，让他陪伴去看戏。他把她送回家，上楼到她家里坐一会儿，他不会留在那里，因为您在这儿等着。我觉得这一切都是情理中事。再说，您不是也容忍得了公爵吗？"

"是的，但公爵是个老头，我肯定玛格丽特不是他的情妇。况且，一般人能够容忍有一种这样的关系，却不能容忍两种。这样随随便便太像一种算计，同意这样做的男人，即使是出于爱情，也近乎更低阶层用这种默许方式得利的人。"

"啊！亲爱的，您真是老脑筋！我见过多少人，而且还是些最高贵、最潇洒、最富有的人，他们都在做我劝您做的事。况且这样做又不费力气，不必羞耻，不用内疚！这种事司空见惯。在巴黎，受人供养的女人不是同时有三四个情人，您叫她们怎样维持豪华的排场呢？不管谁的家产有多么大，他也无法独力承担像玛格丽特那样一个姑娘的花费。每年有五十万法郎的收入，在法国就是一个大财主了。喂，亲爱的朋友，有五十万年收入还是应付不了，这是因为：一个有这样一笔进款的男人，总有一座设备齐全的住宅、一些马匹、仆役、马车，还要打猎，应酬朋友；他往往结了婚，有几个孩子，要赛马、赌钱、旅行，谁知道他还要干些什么！所有这些生活习惯已经根深蒂固，一旦改变，别人就会以为他破产了，流言就不胫而走。屈指算来，即使每年有五十万法郎收入，他花在一个女人身上的钱一年不能超过四五万法郎，而且这已经够多了。那么，这个女人就需要别的情人来弥补她每年的开支。玛格丽特还要更舒服，像上天显灵一样，她不期遇上一个有一千万家产的老头，他的妻子和女儿已经故世，只剩下侄子外甥，他们也很有钱。他对玛格丽特有求必应，用不着回报，但是她也不能每年问他要七万法郎以上，尽管他的钱财可以车载斗量，而且对她十分痴迷，但他还是会拒绝她的要求。

"在巴黎，凡是一年只有两三万法郎收入的年轻人，就是说他们勉强能生活在他们光顾的上流社会里，如果他们做了像玛格丽特那样的女人的情夫，他们很清楚，他们所出的钱，还不够付她的房租和用人的工资。他们不会对她说他们知道这种情况。他们假装视而不见，他们玩够了以后，就一走了之。如果他们虚荣心重，要负担一切开支，他们就会像傻瓜一样倾家荡产，会在巴黎留下十万法郎的债，跑到非洲去送掉性命。您认为那个女人会感激他们吗？丝毫不会。相反，她会说她为他们牺牲了自己的身份，还说在他们相好的时候，她反而倒贴了钱。啊！您感到这些婆婆妈妈的说法很可耻，是吗？这些都是实有其事的。您是一个迷人的小伙子，我真心实意地喜欢您，二十年来我生活在受人供养的女人中间，我知道她们是怎样的人，身价如何，我不愿意看到您把一个漂亮姑娘的逢场作戏当成煞有介事。

"再说，除此以外，"普吕珰丝继续说，"假设公爵发现了你们的私情，便要她在您和他之间选择。玛格丽特非常爱您，会放弃伯爵和公爵，那么她为您做出的牺牲太大了，这是无可否认的。您呀，您能为她做出同样的牺牲吗？当您感到厌烦了，终于不再需要她的时候，您怎样来赔偿她为您蒙受的损失呢？什么也不赔偿。您会让她孤立于她的圈子，而本来她的财产和她的前途都在那里。她可能把她的青春年华给了您，而您却把她遗忘了。要么您是一个粗俗的男人，那么您就翻出她的过去，当面侮辱她。您会对她说，您离开她只不过像她的其他情人那样做，您会把她扔在悲惨的境地而撒手不管。要么您是一个正人君子，您认为不得不把她留在身边，那您就会陷入不可避免的不幸处境。因为这种关系对年轻人来说是可以原谅的，而对成年人来说就不一样了。客观存在变成了做每件事的障碍，这不容于家庭，也使您失去雄心壮志，这种男人的第二次，也是最后一次爱情就是这样。因此，请相信我的话，我的朋友，要按事物的本来价值来衡量它们，要如实地对待女人，无论在哪一方面，也不要让自己去欠一个受人供养的姑娘的情分。"

这番话议论精当，逻辑性强，我没有料到普吕珰丝有如此能耐。我无言以对，只是觉得她言之有理。我把手伸给她，感谢她给我的忠告。

"得了，得了，"她对我说，"替我撵走这些蹩脚的大道理吧，而且付之一笑。生活是美好的，亲爱的，就看你透过什么玻璃去观察人生。嗨，去问问您的朋友加斯东吧。这儿就有一位，他给我的印象是，他像我一样理解爱情。您总该相信的是，隔壁有一个漂亮的姑娘，正在急不可待地等着家里的客人离开，她惦记着您，要和您共度良宵。她爱您，我深信不疑,您不信的话,就会变成一个平庸乏味的小伙子。现在,您过来跟我一起站在窗口,我们看着伯爵离开,他不会迟迟不给我们让位的。"

普吕珰丝打开一扇窗子,我们并排倚在阳台上。她望着寥若晨星的行人,我呢,则陷入遐想。

她对我说的一番话,在我脑子里嗡嗡作响。我不能不承认,她说得有理。但是我对玛格丽特的一片真情很难同这番道理相适应。因此,我不时地长吁短叹,使得普吕珰丝回过身来,像一个对病人束手无策的医生那样耸耸肩膀。

"由于感受倏忽即逝,"我思忖,"人们发现生命该是多么短促啊!我认识玛格丽特只有两天,从昨天开始她才是我的情妇,但她已经深深地铭刻在我的脑子、我的心和我的生命里,以致这位德·G伯爵的拜访对我简直是一个不幸。"

伯爵终于出来了,他登上自己的马车,走得无影无踪。普吕珰丝关上窗子。

与此同时,玛格丽特在叫我们。

"快来吧,已经摆好餐具了,"她说,"我们马上吃夜宵。"

我走进玛格丽特家里的时候,她向我奔过来,搂住我的脖子，使劲地吻我。

"我们总是快快不乐吗？"她对我说。

"不，过去了，"普吕琂丝回答，"我给他讲了一通道理，他答应要听话了。"

"那好极了！"

我不由自主地把目光投到床上，床没有凌乱不堪，至于玛格丽特，她已经穿上白色浴衣。

大家入席。

妩媚、温柔、外露，玛格丽特样样兼而有之。我不得不时时承认，我没有权利再向她苛求别的了。许多人处在我的地位会感到幸福，我就像维吉尔①笔下的牧童一样，只消享受一位天神，或者不如说一位女神给我的快乐。

我竭力把普吕琂丝的大道理付诸实行，而且像我的两个女伴一样兴高采烈，但是，在她们身上是自然的东西，在我身上却要做出努力。我那神经质的笑声几乎像哭一样，她们却信以为真。

---

① 维吉尔（公元前70—公元前19），古罗马诗人，著有《牧歌》《农事诗》《埃涅阿斯纪》后一部是欧洲第一部文人写作的杰出史诗。

夜宵终于吃完了,最后剩下我们两个人。她像往常的习惯那样,走去坐在炉火前的地毯上,若有所思地望着炉火。

她在沉思凝想!想什么呢?我不得而知。我呀,我含情脉脉地、几乎还带着恐惧地凝视她,因为我想到自己准备为她忍受的痛苦。

"你知道我在想什么吗?"

"不知道。"

"我在想对策,我想出来了。"

"是什么对策?"

"我还不能告诉你,但是我可以对你说出会有什么结果。那就是再过一个月我便可以自由自在了,我什么都不要,我们可以一起到乡下避暑去。"

"您就不能告诉我用的是什么办法吗?"

"不能,只要你能像我爱你一样地爱我,一切便大功告成。"

"那么您是单独一人找到这个办法的吗?"

"是的。"

"而且您单独实施吗?"

"由我一个人来承受烦恼,"玛格丽特微笑着对我说,我永远不会忘记她的笑容,"但是我们有福同享。"

听到"有福同享"几个字,我不由得脸红了,我想起玛侬·莱斯科同德·格里厄一起,吞没了德·B先生的钱财。

我站起来,用有点生硬的语气回答:

"亲爱的玛格丽特,请您允许我设想出一些办法,并参与其中,然后才有福同享。"

"这是什么意思?"

"意思是说,我非常怀疑,德·G伯爵先生在这个巧妙的办法里是您的合伙人,我既不承担这个办法的责任,也不接受它的好处。"

"您真是个孩子。我还以为您一直爱我,我搞错了,那么好吧。"

说到这里,她站起身来,打开钢琴,开始弹奏《邀舞曲》,直到她总是弹不下去的那段升半调为止。

这是出于习惯呢,还是让我回想起我们相识那一天?我所知道的,就是这段旋律使我想起了往事。我走近她,双手捧住她的脸吻她。

"您原谅我吗?"我对她说。

"您看得很清楚嘛,"她回答我,"请注意,我们来往才第二天,而我已经有些事要原谅您了。您答应过要盲目服从,却不能兑现。"

"您叫我有什么办法呢,玛格丽特,我太爱您了,我对您的细小念头都要猜疑。您刚才向我提出的计划使我欣喜若狂,但执行之前这样神秘兮兮的,又使我的心都揪紧了。"

"喂,理智一点,"她又说,同时握住我的双手,带着使我无法抗拒的迷人微笑,注视着我,"您爱我,不是吗?您只同我在乡下度过三四个月,会感到很幸福,我也一样,能过只有两人的清静生活,也会感到幸福。我不但会感到幸福,而且为我的身体着想,我也需要这种清静。要离开巴黎这样长的时间,我不能不料理好我的事。像我这样一个女人,杂事总是很多的。好,我找到了办法来协调一切,协调我的事和我对您的爱情。是的,对您的爱情,您不要笑,我爱您真是发疯了!而您现在却神气,您只要记住我爱您,别的您不用管。同意吗,嗯?"

"凡是您想做的事,我都同意,您很清楚这一点。"

"那么,一个月之内,我们到某个村庄去,在河边散步,喝上鲜奶。我,玛格丽特·戈蒂埃说这样的话,您觉得很古怪吧?原因在于,我的朋友,巴黎的这种生活,看起来使我十分幸福,却燃烧不起我的热情,反而使我厌烦。于是我突然渴望过上更加平静的生活,这种生活会使我想起我的童年。无论谁总有一个童年时代,不管他后来变成什么样。噢!放心吧,我不会告诉您,我是一个退役上校的女儿,我是在圣德尼①培养长大的。我是一个穷苦的乡下姑娘,六年前我还不会写自己的名字。您放心了吧,是吗?我对人说出要分享我心中产生激情的快乐,为什么您是听到这句话的第一个人呢?毫无疑问,因为我看出您爱我是为了我,而不是为了您自己。而别人爱我从来只是为了他们自己。

"我以前时常到乡下去,但从来不是我很想去。对这得来不费工夫的幸福,我就指望着您了。因此,不要闹别扭了,给我这幸福吧。要这样想:'她不会活到老的,她要求我做的第一件事要办到是那么轻而易举,我不答应她,有朝

---

① 圣德尼,巴黎北部的村子,那里有座建于十八世纪的修道院,从 1809 年起,设有荣誉勋位团办的学校。

一日我会后悔莫及的。'"

对这样恳切的话我还有什么好说呢?尤其是我还在回味第一夜的恩爱,盼望着第二夜来临。

一小时以后,我把玛格丽特搂在怀里,即使她要我犯罪,我也会唯命是从。

早晨六点钟我就离开,离开之前我对她说:

"今晚再见面?"

她更热烈地抱吻我,但是一声不吭。

白天,我收到一封信,信中写道:

> 亲爱的孩子,我有点儿不舒服,医生吩咐我休息。今晚我要早睡,同您不见面了。但是,为了给您补偿,明天中午我等您。我爱您。

我第一句话是:"她骗我!"

我的额角沁出一阵冷汗,因为我已经太爱这个女人,所以这个疑团使我心烦意乱。

但是,我本该预料到,跟玛格丽特在一起,几乎天天都会遇到这种事。以前我和别的情人之间也经常出现这种情况,我并没有过多放在心上。这个女人对我的生活怎么会有这样大的支配力呢?

于是我想如同往常一样去看她,因为我有她家的钥匙。这样我会很快知道真相,如果我碰到一个男人的话,我就掴他的耳光。

我暂且先去香榭丽舍大街,在那里待了四个小时。她没有出现。晚上,凡是她常去的剧院我都进去了。哪一家剧院她都不在。

十一点钟,我前往昂坦街。

玛格丽特家的窗子没有灯光。我还是拉了门铃。

门房问我找哪一家。

"找戈蒂埃小姐。"我对他说。

"她没有回来。"

"我上楼去等她。"

"她家里没有人。"

显然,这是一道禁令,但我可以闯进去,因为我有钥匙,不过我担心这样做会可笑地大闹一场,于是我走了。

只是我没有回家,我不能离开这条街,我始终监视着玛格丽特的家。我觉得还要打听一些情况,或者至少要让我的猜疑得到证实。

将近午夜,一辆我非常熟悉的双座四轮轿式马车停在九号附近。

德·G伯爵下了车,把马车打发走以后,走进房子。

一时间我希望门房像对我那样告诉他,玛格丽特不在家,很快看到他出来,可我一直等到凌晨四点钟。

三个星期以来,我寝食不安,但是我想,比起那一夜所受的煎熬,真是微不足道。

十四

回到家里以后,我像个孩子一样哭泣起来。哪怕受过一次欺骗的男人,都不会不知道我是多么痛苦难言。

人再激动也总是自信能支持得住。在激动中我下了决心,心想必须立刻斩断这种爱情。我急不可待地等待天明,去预订车票,回到我父亲和妹妹身边,他们双重的爱我是有把握的,他们绝不会欺骗我。

但是我不愿意一走了之,而不让玛格丽特知道我走掉的原因。一个男人,唯有跟他的情人恩断义绝以后,才会不辞而别。

我在脑子里翻来覆去思考怎样写一封信。

我打交道的这位姑娘同一切受人供养的姑娘相似,以前我大大美化她了,而她把我当小学生看待。为了欺骗我,要了一个拙劣得不像话的诡计,这是一目了然的。于是我的自尊心占了上风。必须离开这个女人,还不能让她知道这次决裂使我心碎肠断而自得其乐。我眼里噙着因狂怒和痛苦而涌出的泪水,用最挺秀的字体给她写了下面这封信:

亲爱的玛格丽特:

但愿您昨天身体微恙关系不大。昨晚十一点钟,我来打听过您的消息,回说您还没有回家。德·G先生比我幸运,因为不久他就来看您,直到凌晨四点钟,他还在您家里。

请原谅我使您度过难熬的时刻,但请确信,您赐给我的良宵我没齿不忘。

今天我本来要去打听您的消息,但是我打算回到我父亲身边。

再见,亲爱的玛格丽特。我还不够富有,可以随心所欲地爱您,却又不够贫穷,像您所希望的那样疼爱您。因此,您就忘掉一个您差不多不在乎的名字吧,而我则忘掉无法实现的幸福。

　　我奉还您的钥匙,我从来没有用过。如果您经常像昨天那样不舒服的话,这把钥匙会对您有用的。

您看到了,如果不肆无忌惮地挖苦一下,我是无法结束这封信的,这就证明我依然多么一往情深。

我把这封信反复看了十遍,想到这封信会令玛格丽特难受才使我平静了一些。我竭力使自己鼓起勇气,摆出信里佯装出来的感情。八点钟,当我的仆人走进我的房间时,我把信交给他,让他马上送去。

"要等回信吗?"约瑟夫问我。我的仆人像所有的仆人一样,就叫约瑟夫。

"如果问你要不要回信,你就说你什么也不知道,但是你等等看。"

但愿她给我回信,我抓住这种希望不放。

我们这些人是多么可怜,多么软弱啊!

我的仆人出去的那段时间里,我的心情激动得无以复加。时而我想起玛格丽特怎样委身于我,我自问有什么权利给她写出这样一封肆无忌惮的信。她满可以回答我,不是德·G先生欺骗了我,而是我欺骗了德·G先生;许多女人为自己有几个情人,都是这样辩解的。时而我又想起了这个姑娘信誓旦旦,我就说服自己,我的信还写得过于温和,措辞还不够严厉,足以使一个嘲弄像我所怀有的这样真诚爱情的女人深感沮丧。随后,我又想,最好还是不给她写信,而是白天到她家去一次,这样,看到我使她热泪潸潸,我更感幸灾乐祸。

最后,我思量她会怎样答复我,我已经准备接受她给我表示的歉意。

约瑟夫回来了。

"怎么样?"我问他。

"先生,"他回答说,"夫人在睡觉,还没有醒过来,不过,只要她打铃叫人,就会把信送给她。如果有回信,会送过来的。"

她还在睡觉哪!

有多少次我几乎要派人去取回这封信,但我总是这样想:

"说不定信已经交给她了，我会显得后悔做错事似的。"

她果真给我回信的时刻越是接近，我越是后悔写了信。

十点钟、十一点钟、十二点钟都敲过了。

十二点钟，我正要赴约会，仿佛什么事也没有发生过似的。总之，我只会去设想怎样摆脱箍紧我的铁圈。

这时候，我像翘首盼望的人那样有种迷信，以为如果我出去一会儿，回来时就会看到回信。望眼欲穿的回信总是在收信人离开时送到的。

我借口吃中饭，出去了。

我平时习惯在街角的富瓦咖啡馆用午餐，今天我却没有去，而宁愿走过昂坦街，到王宫一带吃中饭。每当我远远地望见一个女人，就以为看见纳尼娜给我送回信来了。我走过昂坦街，连一个跑腿的人也没有碰见。我到了王宫附近，走进韦里餐馆。伙计侍候我吃饭，或者不如说随他给我上菜，因为我没有吃东西。

我的眼睛不由自主地总是盯着挂钟。

我回家时深信会收到玛格丽特的一封信。

门房什么也没有收到。我还寄希望于信在我的仆人手里。但我出门后,他没有看见谁来过。

如果玛格丽特要给我回信,她早就会给我写信了。

于是,我开始后悔那封信的措辞了。我本该完全沉默,这样她可能感到不安而有所行动,因为她看到我昨天没有去赴约会,就会问我失约的原因,只有在这时我才该把原因告诉她。这样,她除了给自己辩解以外,不可能做别的事。而我所要的,就是她做辩解。我已经觉得,不论她提出什么辩解的理由,我都一概相信,只要能再见到她,我什么都愿意做。

我竟至于认为她会亲自登门拜访我,但是一小时又一小时过去,她并没有来。

玛格丽特的确与别的女人不同,因为很少有女人收到我写出的那样一封信以后,会不回复几句话。

五点钟,我赶到香榭丽舍大街。

"如果我遇到她的话,"我想,"我便装出一副无所谓的样子,那么她会相信我已经不再想她了。"

在王宫街的拐角上,我看见她坐着马车经过。这次相遇如此突如其来,我不禁脸发白了。我不知道她是不是看到我的激动,我呢,我张皇失措,只看到她的车子一掠而过。

我不再在香榭丽舍大街散步。我浏览剧院的海报,因为我还有机会看到她。

在王宫剧院有一次首场演出。玛格丽特不用说一定去观看。

七点钟,我来到剧院。所有的包厢都坐满了人,但是玛格丽特没有露面。

于是,我离开王宫剧院。凡是她经常去的剧院,我都跑遍了。她哪儿都不在。

要么我的信使她过于难受,她顾不上看戏了,要么她生怕跟我见面,免得做一番解释。

这就是我在大街上出于虚荣心引起的想法,这时,我碰到了加斯东,他问我从哪里来。

"从王宫剧院来。"

"而我从歌剧院来,"他对我说,"我还以为能在那里见到您呢。"

"为什么?"

"因为玛格丽特在那里。"

"啊！她在那里吗？"

"是的。"

"单独一个人？"

"不，跟她的一个女友在一起。"

"没有别人吗？"

"德·G伯爵到她的包厢来过一会儿，但她是跟公爵走的。我一直以为会看到您露面。我旁边有一个座位今晚始终空着，我还以为这个座位是您订下的呢。"

"玛格丽特所到之处，为什么我也要去呢？"

"因为您是她的情人嘛！"

"谁对您这样说的？"

"普吕珰丝，昨天我遇到了她。我祝贺您，亲爱的。这是一个漂亮情妇，不是谁想要都能到手的呀。管住她，她会使您脸上有光彩的。"

加斯东这个普通的想法，表明我那种动辄易怒是多么可笑。

如果我昨天遇到他，他又跟我讲这样的话，我准定不会写早上那封愚蠢的信。

我几乎要到普吕珰丝家里去，叫她告诉玛格丽特，我有话要对玛格丽特说，但是我担心她为了报复，回说她不能接待我。于是我经过昂坦街回到了家里。

我再问门房，有没有给我的信。根本没有！

她说不定想看看，我会要什么新花招，我是不是要收回今天的信，我躺在床上这样想，但是看到我不给她写信，明天她会写信给我的。

尤其那天晚上，我对自己的所作所为追悔莫及。我在家里孤苦伶仃，夜不成寐，焦躁不安，妒火中烧。想当初如果听任事情自然发展的话，此刻我大概偎依在玛格丽特身边，倾听她的缠绵情话，至今我只听过两次，我在寂寞之中，感到这些话使我耳朵发热。

就我的处境而言，可怕的是理智判断我错了；事实上，一切向我表明，玛格丽特爱我。首先，她准备跟我单独到乡下避暑。其次，可以相信，没有什么迫使她做我的情妇，因为我的财产应付不了她的需要，甚至满足不了她一时的爱好。因此，她只有希望在我身上找到真诚的爱情；她生活在交易的爱情之中，这种真诚的爱情能使她得到休憩。但是我在第二天就摧毁了这种希望,我度过两夜良宵,却换之以刻毒的嘲讽。所以,我的所作所为不仅可笑之极,而且很粗暴。我又没有付过这个女人一个铜板,哪有权利责备她的生活呢?我第二天就溜之大吉,难道这不像一个情场上吃白食的,生怕别人拿账单要他会钞吗?怎么啦!我认识玛格丽特才三十六小时,做她的情人才二十四小时,我就跟她老闹别扭;她能分身来爱我,我非但不知足,反而想独占一切,强迫她一下子斩断过去的关系,而这些关系是她今后的生活来源。我凭什么可以责备她呢?毫无凭据。她本来可以像某些泼辣粗俗的女人那样,直截了当地告诉我,她要接待一个情人,但是她却写信给我,说是她不舒服。我没有相信她信里的话,没有到巴黎的所有街道去溜达,除了昂坦街以外,我没有同朋友们一起去消磨这个晚上,到第二天她指定的时间再露面,而是扮演奥赛罗①的角色,我窥伺她的行动,自以为不再去看她是对她的惩罚。但是正好相反,她大概会为这样分手感到高兴,她一定感到我是个大笨蛋。她的沉默甚至

---

① 奥赛罗,莎士比亚的同名悲剧中的主人公,性格爱嫉妒、多疑。

谈不上是怨恨,这是蔑视。

那么我本该给玛格丽特送一件礼物,不让她怀疑我的慷慨大度,而且把她看成一个受人供养的姑娘,这样我就可以自以为跟她清账了。但是,只要有一点交易的痕迹,我就认为是亵渎了我们的爱情,如果不是她对我的爱情,至少是我对她的爱情。因为这爱情是那么纯洁,容不得他人染指,不管礼物多么贵重,也不能用它来偿付得到的幸福,无论这幸福是何等短暂。

这就是我在夜里翻来覆去的想法,我随时都准备去讲给玛格丽特听。

正如您所理解的,必须采取果断的决定,要么跟这个女人一刀两断,要么不再疑神疑鬼,一旦她还同意接待我的话。

但是,您知道,人总是要迟疑不决,然后才做出果断的决定。因此,我在家里待不下去,又不敢到玛格丽特那里去,我便试图找出办法去接近她,一旦成功的话,就推说是出于偶然,我的自尊心也能保住了。

当时是九点钟,我赶到普吕珰丝家里,她问我一清早来找她有什么事。

我不敢把我的来意直率地告诉她。我回答说,我一大早出门是为了预订去 C 城的公共马车座位,我的父亲住在那里。

"您能在这种风和日丽的天气离开巴黎,"她对我说,"真是大好事。"

我望着普吕珰丝,寻思她是不是在讽刺我,但是她的脸是一本正经的。

"您去跟玛格丽特告别吗?"她始终严肃地问道。

"不。"

"您做得对。"

"您这样认为吗?"

"当然啦。既然您跟她决裂了,何必再去看她呢?"

"这么说,您知道我们决裂了?"

"她把您的信给我看了。"

"她对您说了些什么?"

"她对我说:'亲爱的普吕珰丝,您说他好话的那一位真不懂礼貌:这种信只能在心里想想,但不该写出来呀。'"

"她用什么语气对您说的?"

"是笑着说的,她还说:'他在我家里吃过两次夜宵,他甚至连礼节性的回访也没有做过呢。'"

我的信和我的嫉妒产生的结果就是这样。我的爱情自尊心受到无情的羞辱。

"昨天晚上她干什么去了?"

"她上歌剧院。"

"这我知道。后来呢?"

"她在家里吃夜宵。"

"单独一人吗?"

"我想,同德·G伯爵一起吧。"

这样说来,我同玛格丽特的决裂,丝毫没有改变她的习惯。

遇到这种情况,有些人会对您说:

"不必再想这个不爱您的女人了。"

"好呀,我很高兴地看到,玛格丽特没有为我郁郁寡欢。"我勉强地装出笑容说。

"她非常有理。您做了本该做的事,您比她更理智些,因为这个姑娘爱您,她不断地提到您,而且会做出蠢事来。"

"既然她爱我,为什么她不给我回信呢?"

"因为她已经明白过来,她不该爱您。再说,女人有时容许别人玩弄她们的爱情,却决不允许别人伤害她们的自尊心。尤其是一个人做了她两天的情人就离开她,那么无论给决裂摆出什么原因,总是要伤害一个女人的自尊心的。我了解玛格丽特,她宁死也不肯给您回信。"

"那么我该怎么办呢?"

"就此拉倒。她会忘掉您,您会忘掉她,你们彼此都没有什么可责备的。"

"如果我给她写信,请求她原谅呢?"

"千万不要这样做,她会原谅您的。"

我差一点要扑上去搂住普吕珰丝的脖子。

一刻钟以后,我回到家里,给玛格丽特写了这封信:

有个人对他昨天写的信悔恨万分,如果您不原谅他,明天他就要离开巴黎。他想知道什么时候可以拜倒在您的脚下,呈上他的悔恨之心。

> 什么时候他可以单独见到您呢？因为您知道，做忏悔的时候是不该有旁观者在场的。

我把这篇用散文写的情诗折好，叫约瑟夫送去。他把信交给了玛格丽特本人，她回答说，她要晚一点回信。

我只出去一会儿，为了吃晚饭，但到晚上十一点钟，我还没有收到回信。

于是我决心不能再受煎熬了，我决意明天就动身。

由于下了这个决心，我深知即使躺在床上，我也睡不着觉，我便开始打点行李。

十五

约瑟夫和我,我们为我动身做准备,忙了将近一小时,这时,有人猛拉我家的门铃。

"要开门吗?"约瑟夫问我。

"开门吧。"我对他说,一面寻思谁会在这种时候来我家,而且不敢相信会是玛格丽特。

"先生,"约瑟夫回来对我说,"是两位太太。"

"是我们,阿尔芒。"一个声音对我嚷道,我听出是普吕珰丝的嗓音。

我走出卧室。

普吕珰丝站着,在观赏我的客厅里的几件古玩。玛格丽特坐在长沙发上沉思默想。

我走进客厅以后,径直向她走去,双膝下跪,握住她的双手,异常激动地对她说:"原谅我吧。"

她抱吻我的额角,对我说:

"我已经原谅过您三次了。"

"我明天就要走了。"

"我来拜访您,怎样才能改变您的决定呢?我不是来阻止您离开巴黎的。我现在来是因为白天我没有时间给您回信,我又不愿意让您以为我在生您的气。普吕珰丝还不让我来呢,她说我兴许会打扰您。"

"您,打扰我,您,玛格丽特!怎么会呢?"

"当然啰!您家里可能有个女人,"普吕珰丝回答,"她看到又来了两个女的,那可不是好玩的。"

在普吕珰丝发表这个见解时,玛格丽特聚精会神地在端详着我。

"亲爱的普吕珰丝,"我回答,"您在胡说些什么。"

"您的公寓很不错嘛,"普吕珰丝回嘴说,"可以看看卧室吗?"

"可以。"

普吕珰丝走进我的卧室,倒不是要参观一下,而是想弥补刚才说出的蠢话,并且留下玛格丽特和我单独在一起。

"为什么您把普吕珰丝带来呢?"于是我问玛格丽特。

"因为她陪我去看戏,再说离开这里时,我也要有人陪伴我。"

"不是有我在这儿吗?"

"是的,但是,除了我不想麻烦您以外,我敢肯定,若到了我家门口,您准会向我要求上楼到我家去。由于我不能同意,我不愿意您离开时有权责备我拒绝您。"

"那么,您为什么不能接待我呢?"

"因为我受到严密监视,稍有怀疑就会给我造成莫大的损害。"

"仅仅是这个原因吗?"

"如果有别的原因,我会对您说的。我们彼此之间不应该保守秘密。"

"咦,玛格丽特,我不愿意拐弯抹角地跟您说话。直说吧,您有些爱我吗?"

"非常爱您。"

"那么,为什么您欺骗我?"

"我的朋友,如果我是某某公爵夫人,如果我有二十万利弗尔①的年收入,那么无论我是您的情妇,还是除了您以外我又有一个情人,您都有权利问我,为什么我欺骗您。但我是玛格丽特·戈蒂埃小姐,我有四万法郎的债,没有一丁点儿财产,而且我每年要花费十万法郎。因此您的问题就变得毫无意义,而我的回答也是多余的。"

"不错,"我说,让头靠在玛格丽特的膝盖上,"但是我呢,我爱您爱得发疯。"

"那么,我的朋友,必须少爱我一些,或者多理解我一些。您的信使我非常难过。如果我是自由的,首先我前天就不会接待伯爵,即使接待了他,我也会来请求您原谅,就像您刚才请求我原谅一样。而且以后除了您以外,我不会有别的情人。有一阵子我以为自己能得到半年的幸福,您却不愿意这样做,您坚持要知道用什么方法,唉!天哪,方法很容易猜得着。我采取这些方法时做出的牺牲,比您想象的还要

---

① 利弗尔,法国旧日的记账货币,约等于一法郎。

大。我本来可以对您说:'我需要两万法郎。'您钟情于我,您会筹划到的,但后果是以后您会责备我。我宁愿一点儿不欠您的情。您不理解我的体贴,因为这是我的一番苦心。我们这些女人,当我们还有一点良心的时候,我们说话做事都别有深意,别的女人是一无所知的。因此,我对您再说一遍,玛格丽特·戈蒂埃找到还债的方法,不向您要钱,这是一种体贴,您本该闷声不响地利用才是。如果您直到今天才了解我,那么您会对我答应您的事感到非常幸福,您也就不会盘问我前天做了什么事。有时候我们不得不牺牲肉体,以换得心灵上的满足,但当这种满足离我们而去以后,我们便格外痛苦。"

我赞赏地倾听和凝视玛格丽特说话。我想,从前我只渴望亲吻一下这个绝代佳人的脚,如今她让我了解她的想法,并让我在她的生活中扮演一个角色,而我对她给我的这一切还不满意。我寻思,人的欲望有没有边际。我的欲望这样快就得到了满足,眼下又得寸进尺了。

"不错,"她接着说,"我们这些受命运摆布的女人,我们有着怪诞的愿望和匪夷所思的爱情。我们时而为了一样东西，时而又为了另一样东西以身相许。有些人为我们倾家荡产，却一无所得，还有一些人用一束鲜花就得到了我们。我们会心血来潮，这是我们仅有的消遣和唯一的托词。我委身于你比对任何男人都快，我可以向你起誓；这为什么？因为你看到我咯血时握住了我的手，因为你哭泣了，因为世间只有你真正想同情我。我要告诉你一件傻事：从前我有一只小狗，当我咳嗽的时候，它带着非常悲哀的神态望着我，这是我唯一爱过的生物。

"它死的时候，我哭得比母亲死去时还要伤心。不错，我挨了我母亲十二年的打骂。我这么快爱上了你，对我的狗也不过如此。如果男人们知道用眼泪可以换到什么，他们就会得到更多的爱，我们也不会这样好挥霍了。

"你的信暴露了你的真面目，向我透露了你并没有掌握心灵的全部奥妙。就我对你的爱情来说，不管你对我做了什么好事，可这封信对我造成的伤害却要大得多。不错，这是出于嫉妒，不过这种嫉妒很可笑，也很粗俗。当我接到这封信的时候，我已经忧心忡忡，我打算中午去看你同你共进午餐，只有看到你，才能最终抹去我对这件事持续不断的想法，而在认识你之前，这种事我根本不费什么心思。

"再说，"玛格丽特继续讲下去，"只有在你面前，我才能马上明白，我可以自由思想，无所不谈。凡是围着像我一样的姑娘团团转的人，都喜欢对她们的一言一行寻根究底，并从她们毫无意义的行动中得出结论。我们自然没有什么朋友。我们只有自私的情人，他们并非像口头上所说的那样，为我们挥霍掉他们的家产，其实是为了他们的虚荣心。

"对这些人来说，当他们开心的时候，我们也非得快乐不可；当他们想吃夜宵的时候，我们必须身体健康；当他们疑心重重的时候，我们也要疑窦丛生。我们不允许有良心，否则就受到嘲骂，毁掉我们的声誉。

"我们不再属于自己。我们不再是人，而是物。他们讲自尊心的时候，我们排在前面；要他们尊敬的时候，我们却降到末座。我们有一些女友，但是她们都是像普吕珰丝那样的女友，她们以前也受人供养，如今还有挥霍的爱好，可是她们人老珠黄，不允许她们这样做了。于是她们变成了我们的朋友，或者不如说我们的食客。她们的友谊一直发展到奴颜婢膝的地步，但从来不会是无私的。她们总是给你出个捞钱的主意。只要她们能赚到衣裙或者一只手镯，能时不时坐上我们的马车出去逛逛，能坐在我们的包厢里看戏，我们再多上十个情人也不关她们的事。她们拿走我们隔日的花束，借用我们的开司米披肩。她们为我们效劳，哪怕是芥蒂小事，从来都要得到加倍的谢礼。那天晚上你亲眼看见了，普吕玱丝给我捎来六千法郎，是我请她替我去问公爵要来的。她向我借去了五百法郎，她永远不会还给我这笔钱，要么她用帽子来偿还，这些帽子不会是从自己盒子里取出来的。

"因此，我们只能有，或者不如说我只能有一种幸福，像我这样一个有时郁郁寡欢，总在受病痛折磨的人，这种幸福就是找到一个地位相当高的人，他不来过问我的生活，而且是个重感情轻肉欲的情人。这个人，我在公爵身上找到了，但是公爵年事已高，而年迈的人既不能给人以保护，又不能给人以安慰。我原以为可以接受他给我安排的生活，但是你叫我有什么办法呢？我厌烦极了。既然要受折磨而死，那么投到大火里去烧死和用煤气来闷死是一模一样的。

"这时候，我遇到了你，你年轻、热情、活泼，我竭力使你成为我在表面热闹实际孤寂的生活中召唤的人。我在你身上所喜欢的,不是像你目前这样的人,而是指望以后应该成为的那样的人。可你不接受这个角色,认为与你不相配而拒绝,你是一个平庸的情人,那你就像别人一样行事吧,付钱给我,我们谈到这里为止。"

这长篇大论的表白使玛格丽特精疲力竭,她仰倒在长沙发椅背上,为了止住一阵轻微的咳嗽,她把手绢按在嘴唇上,一直蒙住眼睛。

"请原谅,请原谅,"我喃喃地说,"这一切我早就明白了,但是我愿意听你说出来,我亲爱的玛格丽特。让我们只记住一件事,把其余的置于脑后吧:这就是我们彼此相属,我们很年轻,我们相亲相爱。

"玛格丽特,随便你怎么处置我,我是你的奴隶,你的狗;但是看在上天的分儿上,把我写给你的信撕掉吧,别让我明天离开;我会郁闷而死的。"

玛格丽特从连衣裙的胸口里掏出我的信,交还给我,带着难以形容的温柔微笑对我说:

"看,我把信给你带来了。"

我撕碎了信,噙着泪水吻着她向我伸过来的手。

这当儿,普吕珰丝出来了。

"喂,普吕珰丝,您知道他要求我什么吗?"玛格丽特说。

"他要求您原谅。"

"正是这样。"

"那么您原谅了吗?"

"只得这样啦,但是他还得寸进尺。"

"他想怎么样?"

"他想同我们一起吃夜宵。"

"那么您同意了吗?"

"您看呢?"

"我看你们两个都是孩子,都没有头脑。我还认为我饥肠辘辘,您早一点同意,我们就早一点吃夜宵吧。"

"好吧,"玛格丽特说,"我们三个人挤在我的马车里。喂,"她转身对我又说,"纳尼娜说不定已睡下,您来开门,拿好我的钥匙,小心别丢掉了。"

我把玛格丽特搂得透不过气来。这当儿约瑟夫进来了。

"先生,"他沾沾自喜地对我说,"行李打点好了。"

约瑟夫

"全打点好了吗?"

"是的,先生。"

"那么,都解开吧,我不走了。"

十六

我本来可以把我们结合的开端用三言两语讲给您听,阿尔芒对我说,但是我想让您看到,通过怎样的事件和怎样的曲折,我们才殊途同归,我终于对玛格丽特百依百顺,玛格丽特也只愿意同我一起生活。

她来找我那天晚上的翌日,我叫人把《玛侬·莱斯科》给她送去。

从这时开始,由于我不能改变我情妇的生活,我便改变自己的生活。最要紧的是,我不让自己的脑子有时间来考虑我刚刚接受的角色,因为一想起来,我便禁不住闷闷不乐。我的生活原本平时是十分清静的,这下突然显得喧闹嘈杂和凌乱不堪了。不要以为一个受人供养的女人对您的爱情既然是不图钱财的，就花不了多少钱。她有千百种爱好：鲜花呀，包厢呀，夜宵呀，郊游呀，都是永远不能拒绝于情妇的，没有什么代价更昂贵的了。

正如我对您说过的，我没有财产。我的父亲过去是，现在仍然是 C 城的总税务长。他为人正直，遐迩闻名，因此他借到了任职所必需存放的保证金。这个职务给他每年带来四万法郎，十年做下来，他已经归还了保证金，并且考虑到攒下我妹妹的嫁妆。我的父亲是天底下最值得尊敬的人了。我母亲去世时留下六千法郎的年金，我父亲在谋到他所期待的职务那天，就把这笔年金平分给我和我的妹妹了。后来在我二十一岁那年，他在这笔小收入上又增加了一笔每年五千法郎的生活费。他向我担保说，有了这八千法郎，我可以在巴黎生活得很自在，如果我在这笔收入之外，还想在司法界或者医疗界谋得一个职位的话。因此我来到了巴黎，攻读法律，得到了律师的资格，如同许多年轻人那样，我把文凭放在口袋里，让自己稍许过几天巴黎的懒散生活。我的花销非常节俭，不过我在八个月里便花光了全年的收入，夏天四个月我在父亲家里度过，这样我等于总共有一万二千法郎的年收入，还赢得了一个好儿子的名声。况且我没有一个铜子的债。

这就是我结识玛格丽特时所处的境况。

您明白，我的日常开销控制不住地增加了。玛格丽特是非常任性的。有些女人的生活由千百种消遣组成，而且根本不把这些消遣看作是了不起的花费，玛格丽特就属于这样的女人。结果是，为了尽可能跟我在一起多待些时间，她上午给我写信，约我吃晚饭，不是在她家里，而是到巴黎或者郊外的饭店。我去接她，一起吃晚饭，去看戏，经常吃夜宵，我每天晚上要花掉四五个路易，每月就要开销二千五百至三千法郎，一年的收入在三个半月之内便花光了。我必须借债，否则就得离开玛格丽特。

然而我什么都可以接受，就是不能接受最后一种情况。

请原谅我给您讲得这样琐碎，但是您会看到，这些细节构成了下面发生的事的起因。我讲给您听的是一个真实而简单的故事，我让它保持朴实无华的细节和单纯自然的发展过程。

因此我明白，由于世界上没有什么可以深刻地影响我，使我忘掉我的情妇，我就必须找到一个办法，应付我在她身上的花费。再说，这爱情使我神魂颠倒，只要我离开玛格丽特，我就会度日如年。我感到需要迷恋上某种东西，以便消磨时间，让时间过得飞快，以致觉察不到韶光流逝。

我先从我那小笔本金中挪用五六千法郎，开始赌博，自从赌场被取缔以后，到处可以赌钱。从前，人们一走进弗拉斯卡蒂咖啡馆，就有发财的机会。大家赌现钱，输家可以自我安慰说，他们也有赢钱的机会；而眼下呢，除了在俱乐部里，付钱还相当严格以外，在别的地方，如果赢到一大笔钱，几乎肯定拿不到。原因很容易理解。

那些所费不赀，又缺少足够的钱应付他们所过生活的年轻人，多半会去赌钱。他们赌博的结果势必是这样的：如果他们赌赢了，那么输家就替赢家支付车马费和情妇的费用，这是很令人扫兴的。输家于是债台高筑，在赌桌绿台布周围建立起来的关系终于因争吵而破裂。在争吵中，荣誉和生命都会受到一些损伤。如果这是一个有教养的人，那么他就被另一些非常有教养的年轻人搞得倾家荡产。他们没有别的错误，只是没有二十万利弗尔的年收入。

至于那些赌钱作弊的人，我就不必跟您讲了，他们总有一天只得离开，虽晚些但仍然会受到惩罚。

于是我投身到这种快速、嘈杂、激烈的生活中去。以前我一想到这种生活都很恐惧，如今却成了我对玛格丽特的爱情必不可少的补充。您叫我有什么办法呢？

如果我不在昂坦街过夜，独自待在家里的话，我便夜不成寐。我妒火中烧，无法合眼，我的头脑和血液像燃烧一样，而赌博可以暂时转移潜入我心中的狂热，把它引向另一种激情。我不由自主地对这种激情产生兴趣，一直赌到我要去同我的情妇相会时为止。这时候，而且由此我看到了我的爱情多么强烈。无论是赢是输，到时我都毫不留恋地离开赌桌，同时怜悯那些留下不走，不能像我一样找到幸福的人。

对大部分人来说，赌博是一种需要；对我来说，这是一帖药剂。

如果我不再爱玛格丽特，我也不会再去赌博。

因此，在赌博的时候，我能相当冷静。我只肯输我付得出的钱，我只赢我输得起的钱。

再说我运气很好。我没有欠债，但花费却要比我去赌钱以前多三倍。这样的生活能让我毫无困难地满足玛格丽特千百种任性的要求,但要抗拒这种生活的诱惑却并非易事。至于她呢,她一如既往,甚至更加爱我。

正像我刚才对您所说的那样,起先我只在午夜至清早六点钟受到她接待,随后我不时地可以来到她的包厢,再后来她有时来跟我一起吃晚饭。有天早上,我直到八点钟才走,以后有一天我到中午才离开。

在精神产生变化之前,玛格丽特却出现肉体上的变化。我曾经设法给她治疗,可怜的姑娘猜出了我的目的,为了表明她的感激,便听从了我的话。我不费什么周折,也不费多少力气,就使她几乎放弃了老习惯。我让她去找的一位医生告诉我,单独休息和安静才能使她恢复健康,于是我终于取消了夜宵和熬夜,代之以合乎健康的制度和有规律的睡眠。玛格丽特不得不适应了这种新的生活方式,她感觉到这种生活方式有益健康的效果。她已经开始有些晚上在自己家里度过,或者天气好的时候,她裹上一条开司米披巾,戴上面纱,我们俩像孩子似的,傍晚在香榭丽舍大街阴暗的小径上漫步。回来时她感到疲惫,稍许吃一点夜点心,弹一会儿琴,或者看一会儿书,便睡觉了。这种情况她以前从未有过。过去每当我听见她咳嗽时，便觉得撕心裂肺似的。如今这种咳嗽几乎完全消失了。

六个星期以后，再也不提伯爵了，他被彻底放弃。只有对公爵才隐瞒我同玛格丽特的关系，不过我在她房里的时候，公爵还是经常被打发走，借口是夫人在睡觉，不让别人吵醒她。

结果是玛格丽特养成了到时要见我的习惯，甚至成了一种需要，因此，我在一个高明的赌徒应该离开的时候便不再赌钱。总之，由于总是赢钱，我发现手里已有万把法郎，这笔钱我觉得是绰绰有余的财富。

我通常要去看望父亲和妹妹的日期来到了，而我没有动身。因此我经常收到他们两人的信，要我回到他们身边。

对于他们的恳切要求，我尽量回答得巧妙些，我总是说我身体健康，不需要钱。我认为这两点会使我父亲对我一再推迟每年的探亲得到一些安慰。

在这期间，有一天早上，玛格丽特在灿烂的阳光照耀下醒来，她下床后问我是不是愿意带她到乡下玩一天。

我们派人去找普吕珰丝，玛格丽特还吩咐纳尼娜告诉公爵，她想趁好天气跟杜韦努瓦太太到乡下去。然后我们三人一起出发了。

有杜韦努瓦在场，可以使老公爵放心，除此以外，普吕珰丝好像是一个专门为郊游而生的女人。她的快乐一成不变，她的胃口永不餍足，凡是她陪伴的人，她不会让他们有一刻烦恼。而且她大概精于订购鸡蛋、樱桃、牛奶、嫩煎兔肉和所有构成巴黎郊游传统野餐的食物。

剩下来的是，我们要知道上哪儿去。

依然是普吕珰丝使我们摆脱困境。

"你们是想去真正的乡下吗？"她问。

"是的。"

"那么，我们到布吉瓦尔①，阿尔努寡妇的曙光饭店去。阿尔芒，去租一辆敞篷四轮马车。"

一个半小时以后，我们来到了阿尔努寡妇的饭店。

您兴许知道这个客栈，一个星期里有六天是家旅店，星期天则是可供跳舞的小咖啡馆。花园位于普通二层楼那么高

---

① 布吉瓦尔，巴黎西部的村镇，位于塞纳河边，十九世纪是巴黎人的度假胜地。

阿尔努寡妇

的地方，从那里远眺，风光旖旎。左边天际尽头是马尔利引水渠，右边是连绵不断的山冈，河流在这一带几乎断流，犹如一条有波纹的白色宽带一样，流淌在加比荣平原和克罗瓦西岛之间。高大的杨树的战栗声和柳树的喃喃细语，不停地哄着河流入睡。

远处在阳光普照下，矗立着一片红瓦白墙的小房子和一些手工工厂。由于距离遥远，这些工厂失去了粗俗的商业特点，反倒使景致变得格外秀美。

极目远望，巴黎在云雾笼罩之下。

正如普吕珰丝对我们说过的那样，这是真正的乡下，我还应该说，这是一顿真正的午餐。

并不是由于感激这个地方给我的幸福，我才这样说的。尽管布吉瓦尔的名字很可怕，但这是人们能够想象的风景最秀丽的地方之一。我旅游过许多地方，见过更为壮美的景色，但是，没有比这个小村庄更加迷人的地方了。它喜洋洋地躺在庇护着它的山冈脚下。

阿尔努太太建议我们泛舟河上，玛格丽特和普吕珰丝兴高采烈地接受了。

人们总是把乡村和爱情联系起来，这是很有道理的。没有什么比蓝天、田野或者树林的芬芳、鲜花、和风、明亮而幽静的一角，更能与你心爱的女人相衬了。不管你多么爱一个女人，不管你多么信赖她，不管她过去的经历怎样确保将来的忠实，你多少总会嫉妒的。如果你恋爱过，认真地恋爱过一场，你必定会感到，需要把你专心钟爱的女人与世隔绝。不论你的意中人对周围事物多么冷漠无情，似乎她同男人和事物一接触，就会失去芳香和完整。我呀，我比别人感受更深。我的爱情异乎寻常，普通人能怎样恋爱，我都能做到。但我爱的是玛格丽特·戈蒂埃，这就是说，在巴黎，我每走一步都可能碰到一个做过她情夫的人，或者是即将成为她情夫的人。而在乡下，处于我们从未谋面的人们中间，他们并不关注我们。我们待在这一年一度、春意盎然的大自然怀抱中，远离城市的喧嚣，这样，我可以藏匿我的爱情，不用怕羞耻和担惊受怕地去恋爱。

在这里，妓女的身影逐渐地消失了。我身边只有一个名叫玛格丽特的女人，年轻貌美，我爱她，她也爱我。往昔已敛迹遁形，未来没有云雾笼罩。阳光就像照耀着最圣洁的未婚妻一样，照亮了我的情妇。我们俩漫步在这片迷人的地方，这里仿佛天造地设似的，专门让人忆起拉马丁①的诗句或者哼起斯居多②的歌曲。玛格丽特穿一件白色连衣裙，斜倚在我的臂膀上。晚上，在满天繁星之下，她把昨夜对我说过的话又说了一遍。远处，尘世生活仍在继续，但它的阴影并没有污染我们青春和爱情的欢乐画面。

这就是那天的烈日透过树叶给我带来的幻想。我们划近一个小岛，我躺在草地上，摆脱了过去约束我的思想的一切人间联系，任凭思路驰骋，遇到形形色色的希望，都一一截获。

此外，从我所在的地方，我看到岸边有一座漂亮的三层小楼房，前面有一道半圆形的栅栏。越过栅栏，在房子前面有一块像天鹅绒一样平整的绿草坪。楼房后面有一座小树林，里面有的是神秘的僻静处所，而且每天早上，头一天踏出来的小径就掩没在苔藓之下。

---

① 拉马丁（1790—1869），法国浪漫派诗人，《湖》《山谷》《秋天》《黄昏》等诗篇均抒写爱情，描绘大自然风光。
② 斯居多（1806—1864），法国作曲家，音乐批评家，生于意大利威尼斯，在德国长大，对瓦格纳、柏辽兹和舒曼的作品尤多指责。

有些攀缘花卉遮住了这座没人居住的楼房的台阶，并且一直覆盖到二楼。

由于我凝望这座楼房，最后我竟然以为它是属于我的，因为它真正浓缩了我的幻想。我在这座房子里看到了玛格丽特和我，白天在覆盖山冈的树林中，晚上坐在草坪上。我寻思，世上还有什么人像我们一样幸福呢。

"多么漂亮的房子啊！"玛格丽特对我说，她一直跟随着我的视线，也许还跟随着我的思路在想。

"在哪里？"普吕珰丝问。

"在那边。"玛格丽特用手指着那座房子。

"啊！真令人陶醉，"普吕珰丝接着说，"您喜欢吗？"

"那么，去对公爵说把房子给您租下来，我有把握他会给您租下的。如果您愿意的话，我来负责办这件事。"

玛格丽特望着我，好像在问我对此有什么想法似的。

我的幻想已经随着普吕珰丝的最后几句话烟消云散了，而且突如其来地把我摔到现实之中，我跌得昏头昏脑的。

"这果然是个绝妙的主意。"我期期艾艾地说，却不知自己说些什么。

"好吧,我来安排一切,"玛格丽特握住我的手说,她按照自己的愿望来理解我的话,"我们马上去看看这座房子是否要出租。"

房子未被占用,租金是两千法郎。

"你高兴到这里来吗?"她问我。

"我肯定能来吗?"

"如果不是为了您,那么我隐居到这里来是为了谁呢?"

"那么,玛格丽特,让我来租下这座房子吧。"

"您疯了吗?不仅这没有必要,而且还会有危险。您很清楚,我有权只接受一个人的恩惠。因此,让我来办吧,你这个大孩子,别多说了。"

"这样的话,要是我一连两天有空,我就来你们这儿过。"普吕珰丝说。

我们离开这座房子,踏上回巴黎的路,一面谈论着这个新决定。我把玛格丽特搂在怀里,在下车的时候,我开始认真考虑我情妇的计划,并逐渐消除了重重顾虑。

十七

第二天,玛格丽特很早就打发我走了,她对我说,公爵一大早就要来。她答应我,等公爵一走,就写信给我,告诉我每天晚上幽会的时间。

果然,白天我收到了这张便条:

> 我同公爵到布吉瓦尔去。今晚八点钟到普吕珰丝家里去。

在指定的时间,玛格丽特回来了。她到杜韦努瓦太太家里来会我。

"好啦,一切安排妥帖。"她进来时说。

"房子租下来了吗?"普吕珰丝问。

"是的,他马上同意了。"

我不认识公爵,但是像我这样欺骗他,我羞愧难当。

"不过事情还没有完哪!"玛格丽特又说。

"还有什么事?"

"我在担心阿尔芒的住处。"

"住在一起吗?"普吕珰丝笑着问。

"不,他住在曙光饭店,公爵和我,我们在那里吃的午饭。公爵在观赏风景的时候,我问阿尔努太太,她不是叫阿尔努太太吗?我问她有没有合适的套房。她刚好有一套,包括客厅、候见室和卧室。我想,需要的都齐全了。每月六十法郎。家具陈设会使一个生性忧郁的人看了开颜。我要下了这套房间。我干得漂亮吗?"

我扑到玛格丽特的脖子上。

"这会妙不可言,"她继续说,"您有一把小门的钥匙,我答应过将一把栅栏门的钥匙给公爵,他不会拿去的,因为他即使来也只是在白天。私下里说说,我想他对这种任性的做法很高兴,这样能使我离开巴黎一段时间,又能使他家里人少啰唆。但是他问我,我这样喜欢巴黎,怎么会决心隐居到乡下去。我回答他说,我身体不好,要静养一下。他看来不太相信我的话。这个可怜的老头儿总是被逼得走投无路。因此,我们要多加小心,亲爱的阿尔芒,因为他会派人在那里监视我,他不光为我租一座房子,他还要为我还债呢,倒霉的是我有一些债务。这样安排对您合适吗?"

"合适。"我回答,这种生活方式时不时唤起我的顾忌,但我竭力忍住不说。

"我们巨细无遗地参观了房子,将来我们住在那里才称心呢。公爵样样都过问。啊!亲爱的,"这个疯疯癫癫的姑娘搂住我又说,"您真有福气,给您铺床的是一位百万富翁呢。"

"你什么时候搬过去?"普吕珰丝问。

"越早越好。"

"您把车马带去吗?"

"我把全部家当都搬过去。我不在家时您来看管我的公寓。"

一个星期以后,玛格丽特占下了乡下那座房子,而我呢,则安顿在曙光饭店。

于是开始了新的生活，我很难给您描述出来。

刚在布吉瓦尔住下的时候，玛格丽特不能完全戒掉她的旧习惯，她家里总是同过节一样，她的所有朋友都来看望她，在一个月里，每天总有八到十人在她家吃饭。普吕珰丝则把她认识的人都带来了，而且殷勤接待他们，仿佛这座房子是属于她的一样。

正如您所想象的那样，这一切开销都是公爵支付的，然而普吕珰丝却不时以玛格丽特的名义，向我要一张一千法郎的钞票。你知道我赢了一些钱，因此我忙不迭要把玛格丽特托她向我要的钱，交给普吕珰丝，而且生怕我的钱不够她的需要。于是我去巴黎借了一笔钱，同我过去借的一笔数目一样，那笔钱我已经如数还清了。

为此，我重新拥有万把法郎，还不算我的生活费在内。

然而，玛格丽特招待朋友的兴致稍微有点低落，因为这种兴致开支浩大，尤其因为有时她不得不向我要钱。公爵租下这座房子，为的是让玛格丽特可以静养，他从来不出现，生怕碰到一大群乐而忘返的宾客，他是不愿意同他们照面的。尤其因为有一天，他来跟玛格丽特单独进晚餐，却撞上十五个人正在吃午饭。在他打算吃晚饭的时候，这顿午饭还没有吃完。当他打开餐室的大门时，令他意料不及的是，一阵欢笑冲他而来，面对在场的姑娘们的浪笑，他不得不遽然退了出去。

于是玛格丽特离开餐桌，来到隔壁房间找到公爵，想方设法要让他忘掉刚才的场面。但是老头的自尊心受到伤害，万分怨恨，他冷酷无情地对可怜的姑娘说，他已经厌倦了出钱给一个女人干蠢事，因为这个女人甚至不懂得让他在她家里受到尊敬。他怒气冲冲地走了。

从这天起，就再也听不到他的消息。玛格丽特后来虽然杜门谢客，改变她的习惯，但也是徒然，公爵已杳无音信。我倒是渔翁得利，我的情妇完完全全属于我了，我的梦想终于实现。玛格丽特再也不能缺少我。她毫不担心后果如何，公开夸耀我们的关系，正式把我看作他们的主人。

对于这种新生活，普吕珰丝曾经竭力告诫过玛格丽特，但是玛格丽特回答说，她爱我，没有我，她不能生活下去，无论发生什么事，她都不会放弃同我朝夕相处的幸福，还说凡是看不惯的人尽可以不登门。

一天，我听到普吕珰丝对玛格丽特说，她有要事相告，她们关在房里说话，我在门口窃听。

几天以后，普吕珰丝再次登门。

她进门的时候，我在花园尽里边，她没有看见我。从玛格丽特向她迎上前去的模样，我揣度出又将开始一场我已经偷听过的类似的谈话，我想同上一次一样去偷听。

两个女人关在一间小客厅里，我侧耳细听。

"怎么样？"玛格丽特问。

"怎么样？我见到了公爵。"

"他对您说了些什么？"

"他说他愿意原谅您那次给他好看，但是他说，他已经知道您跟阿尔芒·迪瓦尔先生公开同居了，这件事他不能原谅您。'只要玛格丽特离开这个年轻人，'他对我说，'我就一如既往，她要什么我都给，不然的话，她就应该死心，别再问我要任何东西。'"

"您怎么回答？"

"我回答说，我会向您传达他的决定，而且我答应他要让您明白事理。亲爱的孩子，您要考虑您失去的地位，这个地位是阿尔芒不能给您的。他爱您一往情深，但是他没有足够的财产来供给您的需要，有朝一日他必须离开您，但那时为时已晚，公爵再也不肯为您做任何事了。你肯让我去向阿尔芒说说吗？"

玛格丽特似乎在考虑，因为她默不作声。在等待她的回答时，我的心扑腾乱跳。

"不，"她回答说，"我不会离开阿尔芒，而且我不隐瞒同他生活在一起。兴许这是做傻事，但是我爱他！您叫我有什么办法呢？再说，现在他已经习惯毫无顾忌地爱我，哪怕一天要离开一小时，他也会万分痛苦。况且，我行将就木了，不愿意自找苦吃，服从一个老头子的意愿，只要一看到他，便要使我苍老。让他留着自己的钱吧，我不需要。"

"但是，您以后怎么办呢？"

"我说不上来。"

普吕珰丝大概要答话，但是我突然闯了进去，扑倒在玛格丽特的脚下，眼泪沾湿了她的双手，这是听到她这么爱我而快乐得流出来的眼泪。

"我的生命是属于你的，玛格丽特，你不再需要那个公爵了,我不是在这里吗?难道我会抛弃你吗,你给我的幸福我能报答得了吗?不要别人约束了,我的玛格丽特,我们相爱吧!其余的跟我们有什么关系?"

"噢!是的,我爱你,我的阿尔芒!"她用双臂紧紧地搂住我的脖子,喃喃地说,"我爱你,爱得连我都难以相信。我们会幸福的,我们会平静地生活,眼下我要感到脸红的那种生活,我要与之诀别。你永远不会责备我的过去,是吗?"

呜咽堵住了我的声音。我只能把玛格丽特拥在心口上作为回答。

"好啦,"玛格丽特转向普吕珰丝,声音颤抖地说,"您就把这一幕情景讲给公爵听,再加上一句,我们不需要他。"

从这一天起,再也不提公爵了。玛格丽特不再是我以前认识的姑娘了。凡是能让我回想起我遇到她时有关她的生活的一切情况,她都避免出现。她给我的爱和关心,是任何一个妻子和妹妹都比拟不了的。由于她病歪歪的体质,她爱抒发感情,而且多愁善感。她同女友们断绝来往,就像同习惯决裂那样,她改变了谈吐,就像跟从前的挥霍诀别一样。别人看到我们出门,坐上我买来的那条漂亮小船泛舟河上，决不会想到这个身穿白色连衣裙，头戴一顶大草帽，臂上搭一件用来抵御河水寒气的普通丝质外衣的女人，就是玛格丽特·戈蒂埃，四个月以前，她以奢侈和丑事让人议论纷纷。

唉！我们匆匆地享受着幸福，仿佛我们已经料到好日子长不了似的。

我们几乎有两个月没有到巴黎去了。除了普吕珰丝和我跟您谈起过的朱丽·迪普拉以外，没有人来看过我们。我现在讲的动人故事，就记在玛格丽特后来交给朱丽的手稿里。

我整天偎依在我情妇的脚旁。我们打开面临花园的窗户，观赏鲜花盛开的夏景。我们在树荫下并肩领略这真正的生活，无论玛格丽特还是我，我们至今还不理解这种生活。

这个女人对芥蒂小事都会发出孩子般的惊讶。有些日子，她就像十岁的女孩子那样，在花园里追逐一只蝴蝶或一只蜻蜓。这个妓女过去花在鲜花上的钱，超过了供一个家庭生活快乐的花费。有时候她坐在草坪上，整整一小时，观赏自己用来取名的一种普通的花[①]。

[①] 玛格丽特的法文意为雏菊。

就在那段日子里,她时常阅读《玛侬·莱斯科》。我许多次看见她给这本小说加注,她总是对我说,一个女人热恋的时候,不可能做出玛侬那样的事。

公爵写了两三封信给她。她认出了笔迹,看也不看便把信交给了我。这些信的措辞真使我深为感动。

公爵原本以为,把玛格丽特的财源断绝以后,会使她回到他身边,但是待他看到这种方法无济于事以后,他坚持不下去了。他写信要求像以前那样让她回来,不管什么条件他都可以答应。

于是,我看过这些翻来覆去、再三恳求的信之后,便都撕掉了,也不把信的内容告诉玛格丽特,而且无意劝她再去见老头。尽管我对这个可怜虫的痛苦怀着怜悯之情,但是我生怕劝告她像从前那样重新接待公爵,她会以为我希望让公爵重新负担这座房子的开销。我尤其害怕她以为我在她的爱情可能带来严重后果时,会拒绝承担她的生活费用。

结果,公爵由于收不到回信,也就不再来信了。玛格丽特和我,我们继续一起生活,不去考虑将来。

十八

要巨细无遗地把我们的新生活告诉您，那是困难的事。这种生活对我们来说是打打闹闹，好不自在，但是对听我故事的人来说，却是不值一提的。您知道爱一个女人是怎么一回事，您也知道白日时刻相处，夜里相亲相爱，到第二天多么难舍难分。你不会不知道互相信赖、你亲我爱的热烈爱情，竟至于把一切都置在脑后。在这个世界上，但凡不是自己的意中人，便似乎是无用的人。人们后悔过去在别的女人身上用过一番心思，此刻除了握在自己手里的手以外，看不到有必要再去握别人的手。脑子既不思考，也不回忆。不断地只出现一个念头，什么都不能使脑子分心。每天人们都会在自己的情妇身上发现新的魅力和从未有过的快感。

人生只不过是反复完成持续不断的欲望，灵魂只不过是维持爱情圣火的守灶贞女①。

夜幕降临时，我们经常坐在可以俯视我们房子的小树林里。我们倾听着夜晚欢快悦耳的天籁，两人都在想着不久又可以拥抱到天明。有时我们整天睡在床上，甚至不让阳光照入房里。窗帘紧紧拉上，对我们来说，外界暂时停止了活动。唯有纳尼娜有权打开我们的房门，但也不过是为了送来我们的饭餐。有时我们还在床上就餐，并且不断地停下来嬉笑和打闹。然后再睡上一会儿，因为我们如同两个执着的潜水员一样，沉浸在爱河之中，只是为了换气才浮出水面。

然而，我发现玛格丽特有时抑郁不乐，甚至泪眼汪汪。我问她为什么突然这样悲伤，她回答我说：

"我们的爱情不同一般，亲爱的阿尔芒。你爱我仿佛我从来不曾委身于任何人。我担心以后你会对自己的爱情感到后悔，指责我的过去，迫使我重操旧业，像你刚接纳我那时一样。你想，既然我享受到新的生活，若要我再过从前的日

---

① 古罗马供奉女灶神维丝塔的贞女。

子，我会活不长的。因此，请对我说，你同我永不分离。"

"我向你起誓！"

听到这句话，她凝望着我，仿佛要从我的眼睛里看出我的誓言是不是真诚，接着她扑到我的怀里，把头埋在我的胸前，对我说：

"你不知道我多么爱你啊！"

一天晚上，我们倚在窗台的栏杆上，遥望层云遮掩，难得露面的月亮，倾听着微风吹动树叶的沙沙声。我们手拉着手，足足有一刻钟之久噤若寒蝉，后来玛格丽特对我说：

"冬天来临了，我们离开好吗？"

"到哪里去呢？"

"到意大利去。"

"这么说，你待腻了吗？"

"我怕冬天，我尤其怕我们回到巴黎。"

"为什么？"

"原因很多。"

她没有告诉我害怕的原因，却猝不及防地说下去：

"你愿意离开吗？我卖掉我所有的东西，我们到那边去生活，丝毫不留下我过去的痕迹，没有人知道我是谁。你愿意这样做吗？"

"如果你乐意的话，我们离开吧，玛格丽特。我们去做一次旅行，"我对她说，"但是你有什么必要变卖东西呢？你回来时看到这些东西会很高兴的。我虽没有足够的财产来承担你这样的牺牲，不过我们可以很像样地旅行五六个月，我的钱还是绰绰有余的，只要这能带给你一些快乐。"

"话说回来，还是不去的好，"她又说，身子离开窗口，走过去坐在房间暗旮旯的长沙发上，"何必到那里去多花钱呢？在这儿我已经花了你不少钱了。"

"你是在责备我，玛格丽特，这可不是推心置腹。"

"对不起，朋友，"她说，一面向我伸出手，"这种阴雨天气使我火气很大，也许我没有讲清心里要说的话。"

她抱吻了我，然后又陷入长久的沉思。

类似的场面出现过好几次，即使我不知道她这样做的原因，但是我仍然发现玛格丽特在担忧未来。她不会怀疑我的爱情，因为我的爱情与日俱增，可是我时常看到她满面愁容，除了推诿身体不适以外，她从来不向我解释忧愁的原因。

我担心她厌倦过于单调的生活,便向她提出回到巴黎,但是她总是拒绝这个建议,并且向我保证,没有什么地方比乡下更能使她快乐。

普吕珰丝难得来一趟,可是她写了几封信,虽然这些信每一次都使玛格丽特心事重重,但我从来没有要求看信。我只能去猜想。

一天,玛格丽特待在她的房间里。我走了进去。她正在写信。

"你写信给谁?"我问她。

"给普吕珰丝,要不要我把信念给你听听?"

我不想显得已有所疑,因此我回答玛格丽特说,我不需要知道她写什么,但是我能断定,这封信可以告诉我,她忧愁的真正原因。

第二天,天清气朗。玛格丽特向我提出要乘船出游,到克罗瓦西岛去玩。她看起来兴高采烈。我们回家时已经五点钟了。

"杜韦努瓦太太来过了,"纳尼娜看见我们进门时说。

"她走了吗?"玛格丽特问。

"是的,坐夫人的马车走的。她说已经讲好了。"

"很好,"玛格丽特赶紧说,"吩咐下去给我们开饭。"

两天以后,普吕珰丝来了一封信。以后的半个月内,玛格丽特显得摆脱了神秘莫测的忧愁。自从她不再发愁以后,她不断地请求我原谅她。

但是马车没有返回。

"普吕珰丝怎么不把你的双座四轮轿式马车送回来?"有一天我问。

"两匹马当中有一匹病了,而且马车需要修理。反正在这里我们用不着坐车,趁我们回巴黎去之前把车修好,何乐而不为呢。"

几天以后普吕珰丝来看我们,向我证实了玛格丽特对我说的话。

两个女人单独在花园里散步,当我去找她们的时候,她们改变了话题。

晚上,普吕珰丝告辞的时候,抱怨天冷,请求玛格丽特把开司米披巾借给她。

一个月就这样过去了，在这期间，玛格丽特比过去任何时候更加快乐，更加多情。

然而马车没有返回，开司米披巾也没有送回来，这一切不由得使我困惑不解。由于我知道玛格丽特将普吕琼丝的信放在哪个抽屉里，趁她在花园里的时候，我跑到这个抽屉前面，企图打开它，可是徒劳，抽屉上了两道锁。

于是我搜索平时放首饰和钻石的抽屉。这些抽屉一下就打开了，但是不见了首饰盒，里面的东西自然也消失不见。

悲哀和不安揪紧了我的心。

我想去问玛格丽特这些东西消失的真相，但是她准定不会对我说实话的。

"我的好玛格丽特，"于是我对她说，"我来请求你让我到巴黎去一次。我家里的人还不知道我在哪里，而且也该收到我父亲的信了。他一定焦急不安，我必须给他回信。"

"去吧，我的朋友，"她对我说，"但是要早点回来。"

我离开了。我随即来到普吕琼丝家里。

"喂，"我开门见山地对她说，"坦率地回答我，玛格丽特的两匹马到哪里去了？"

"卖掉了。"

"披巾呢?"

"卖掉了。"

"钻石呢?"

"当掉了。"

"是谁卖掉和当掉的?"

"是我。"

"为什么事先不告诉我?"

"因为玛格丽特不许我说。"

"为什么您不问我要钱呢?"

"因为她不愿意。"

"这些钱派了什么用场?"

"还账。"

"这么说,她欠了很多钱吗?"

"还欠三万法郎左右。啊!亲爱的,我不是早就跟您讲过了吗?你不愿意相信我的话。那么现在总该相信了。公爵原来担保给地毯商付账,但是地毯商去找公爵时吃了闭门羹,第二天公爵给他写信,说是他不管戈蒂埃小姐的事了。

这个商人来要钱，我们只好分期付款，总共几千法郎，就是我问您要的那一笔；后来一些好心人提醒他说，他的债务人已经被公爵抛弃了，在同一个没有财产的年轻人生活在一起，其他债权人也同样得到这个消息，他们也来要钱，而且封存了财产。玛格丽特本想统统卖掉，但是时间来不及，而且我也反对。账是一定要还的，为了不问您要钱，她卖掉了两匹马和披巾，典掉首饰。您想看买主的收据和当铺的当票吗？"

于是普吕珰丝打开一只抽屉，把那些票据拿给我看。

"啊！您以为，"她接着说，那种执着的口吻就像有权说"我是对的"那样，"啊！您以为相亲相爱，到乡下去过轻轻松松的田园生活就万事大吉了吗？不行，我的朋友，不行。除了理想生活以外，还有物质生活，最圣洁的决心都有一些很细的线同现实相连，不过这是一些铁丝，不容易挣断。如果玛格丽特没有屡次欺骗您，这是因为她的品性不同寻常。我劝她这样做并没有错，因为看到一个可怜的姑娘失去一切使我非常难过。她不肯按我说的去做！她回答我说，她爱您，决不欺骗您。这一切真是呱呱叫，非常富有诗意，但是不能把这些当作钱去还债。我再跟您说一遍,眼下她没有三万法郎是不能应付过去的。"

"那么好吧,我来付这笔钱。"

"您去借吗?"

"我的天,是的。"

"您可要干出蠢事来了。您会跟父亲闹翻,会损害您的经济来源,而且三万法郎也不是很快能筹划到的。相信我吧,亲爱的阿尔芒,我比您更了解女人。别干这种蠢事,有朝一日您要后悔莫及的。您要理智一些。我不是叫你离开玛格丽特,而是要像夏初时那样跟她来往。让她找到办法摆脱困境。公爵慢慢地会来找她的。德·N伯爵昨天还在对我说,如果她肯接待他的话,他会替玛格丽特还清所有的债务,每月还给她四五千法郎。他有二十万利弗尔的年收入。这对她来说可算是一个依靠,而您呢,您迟早要离开她,您不要等到破了产再这样做,尤其这位德·N伯爵是一个笨蛋,什么也不能妨碍您继续做玛格丽特的情人。开始她会哭一阵子的,但是她最后会习惯下来,总有一天会感谢您这样做。就假设玛格丽特是个有夫之妇,您欺骗她的丈夫,如此而已。

"这些话我已经对您讲过一遍了。不过那时候只是一个劝告,眼下就几乎非这样做不可了。"

普吕珰丝剖析无情,却言之有理。

"就是这么回事,"她继续说,一面收好刚才拿给我看的票据,"受人供养的女人总是预料到有人爱她们,而她们永远不会爱别人,否则她们就要攒钱,以便到了三十岁的时候,她们可以会钞奢侈一下,拥有一个花不了多少钱的情人。我呀,如果我早知今日有多好啊!总之,您跟玛格丽特只字不提,把她带回巴黎。您和她单独生活了四五个月,这样做是够理智的。闭上您的眼睛,这就是对您的要求。半个月以后她就会接待德·N伯爵,今年冬天她会有些积蓄,明年夏天你们再从头开始。就要这样干,亲爱的!"

普吕珰丝似乎对她的劝告沾沾自喜,而我却愤怒地拒绝了。

不仅我的爱情和我的尊严不允许我这样做,而且我深信不疑玛格丽特宁死也不愿意自始至终委曲求全,接受这种双重生活。

"我对您说过了,大约三万法郎。"

"什么时候要凑齐这笔款子?"

"两个月以内。"

"她会有这笔钱的。"

普吕琼丝耸了耸肩。

"我会把款子交给您,"我继续说,"但是您要对我发誓,不告诉玛格丽特说是我给您的。"

"放心吧。"

"如果她再托您卖掉或者当掉别的东西,请通知我一下。"

"甭担心,她什么也没有了。"

我先回家去看看有没有父亲的来信。

共有四封。

父亲迪瓦尔

十九

在前三封信里,我的父亲对我杳无音讯感到焦虑不安,问我是什么原因。在最后一封信中,他让我看出已有人把我的生活变化告诉了他,并通知我他不久就要赶来。

我对父亲向来十分尊敬,并怀有真挚的爱。因此我给他回信说,我久无音讯是因为做了一次短途旅行,我请他预先通知我到达的日期,以便我能够去接他。

我把我在乡下的地址给了我的仆人,同时嘱咐他一有C城邮戳的信就给我送去,然后我马上回到布吉瓦尔。

玛格丽特在花园门口等我。

她的目光流露出忐忑不安。她搂住我的脖子,按捺不住地问我:

"你见到普吕珰丝吗？"

"没有。"

"你怎么在巴黎待了这么久？"

"我收到了父亲的几封信，我必须回信给他。"

过了一会儿，纳尼娜气喘吁吁地进来了。玛格丽特站起身来，走过去同她低声说话。

纳尼娜出去以后，玛格丽特坐到我旁边，握住我的手，对我说：

"为什么你欺骗我？你去过普吕珰丝家里了？"

"谁告诉你的？"

"纳尼娜。"

"她怎么知道的？"

"她一直跟在你后面。"

"这么说，是你叫她跟着我的吗？"

"是的。我想，你已经有四个月没有离开我了，必定有重大原因才能促使你到巴黎去。我担心你遇到不幸，或者说不定去看别的女人。"

"孩子气！"

"现在我放心了,我知道你做了什么事,但是我还不知道别人对你说了些什么。"

我把父亲的信拿出来给玛格丽特看。

"我问你的不是这个。我想知道的是,为什么你到普吕珰丝家里去。"

"去看看她。"

"你说谎,我的朋友。"

"那么,我是去问她,你的马病好了没有,她是不是还需要你的披巾和首饰。"

玛格丽特涨红了脸,但是一声不响。

"于是,"我继续说,"我知道了你把两匹马、披巾和钻石派了什么用场。"

"那么你怪我吗?"

"我怪你没有想到问我要你所需要的东西。"

"像我们这样的关系,如果女方还有一点自尊心,她就应该由自己做出各种各样的牺牲,而不问她的情人要钱,否则她的爱情就跟卖淫无异。你爱我,我确信无疑,但是你不知道,别人心中对我这样的女人虽有爱情,但维系的线有多么脆弱。谁能料到呢？兴许在遇到困难或者烦恼的那一天，你会把我们的关系看成一件精心策划的买卖！普吕珰丝是个多嘴多舌的女人。这两匹马我要来干什么！我卖掉了还可以节省一笔开支呢。我可以不需要马，用不着再花销什么。只要你爱我，这就是我的全部要求，即使没有马，没有披巾，没有钻石，也会同样爱我。"

这番话用非常自然的语气讲出来，我听得不禁流泪。

"但是，我的好玛格丽特，"我回答说，一边深情地紧握我情人的双手，"你很清楚，我总有一天会知道你这种牺牲，那时我会受不了的。"

"为什么受不了呢？"

"亲爱的孩子，因为我不愿意你出于对我的一片深情，牺牲你的首饰，哪怕一件也罢。我也不愿意在你困难或者烦恼的时候会想到，如果你和别的男人同居的话，这种情况就不会存在。我还不愿意你后悔跟了我，哪怕只有一分钟这样的想法。再过几天，你的马、钻石和披巾都会归还给你。它们对你来说犹如空气对于生命一样须臾不可离开。兴许这是很可笑的，但是我喜欢你生活豪华，甚于你生活朴素。"

"这么说,你不再爱我了。"

"你疯了!"

"如果你爱我的话,你就要让我以我的方式来爱你。相反,你继续只把我看作一个奢侈成性的姑娘,总以为非得给我付钱。你羞于接受我的爱情的印证。你不由自主地想着有朝一日要离开我,于是你竭力要体贴入微,把种种疑惑遮掩起来。你是对的,我的朋友,不过我原来的希望比这要更大。"

玛格丽特动了一下,想站起来,我把她拉住,对她说:

"我想让你快乐,让你没有什么可责备我的,仅此而已。"

"那么我们就要分手了!"

"为什么,玛格丽特?谁能把我们分开?"我嚷道。

"是你,你不愿意让我了解你的处境,却要我保持我的虚荣心来满足你的虚荣心;是你,你要保持我过去的奢华生活,以维持把我们分隔开来的思想距离;是你,总之,你不相信我的爱情是无私的,足以跟你同甘共苦,我们本来可以用你的钱过得很幸福,你却甘愿受到可笑的偏见的束缚,宁愿倾家荡产。你以为我会把一部马车和首饰跟你的爱情并列吗？你以为我会把虚荣当作幸福吗？一个人毫无爱情的时候可以满足于虚荣，但是有了爱情，虚荣就变得庸俗不堪了。你要替我偿还我的债务，你指望你有钱，最后由你来供养我！这样能维持多长时间呢？两三个月，那时候再要按我的办法去生活就为时太晚了，因为到时候你一切都得听我的，而一个堂堂男子汉不会这样做。眼下你有八千到一万法郎的年收入，有了这笔钱，我们便可以过日子。我卖掉我手里多余的东西，仅仅用这笔钱，我每年就可以收入两千利弗尔。我们去租一套漂亮的小公寓，两个人住在里面。夏天我们到乡下避暑，不要住这样的房子，有一座够两个人住的小房子就行了。你无牵无挂，我独来独往，我们年纪轻轻，看在上天的分儿上，阿尔芒，我从前不得已要过的那种生活，不要把我再投进去。"

我无言以对，感激和爱情的泪水涌上我的眼睛，我扑在玛格丽特的怀抱里。

"我本来想，"她又说，"瞒着你把一切安排好，还清我的债，叫人把我的新居布置好。十月，我们回到巴黎的时候，一切都已就绪。但是，既然普吕珰丝对你已和盘托出，那你就必须事先同意，而不是事后赞成。你爱我能爱到这种田地吗？"

如此的献身精神令人无法抗拒。我热烈地吻着玛格丽特的双手，对她说：

"我对你唯命是从。"

她所决定的计划就这样一言为定了。

于是她欣喜若狂，她跳呀，唱呀，为简朴的新居而高兴，她已经同我商量好在哪个街区找房子和怎样布置了。

这个决定看来要使我们最终地融合在一起，我看到她为此而高兴和自豪。

对此，我也不愿意欠她的情。

我立即决定了自己的生活，对自己的财产做了安排。我把得自母亲的年金赠给玛格丽特，为了报答我所接受的她的牺牲，我觉得这笔年金远远不够。

我只剩下父亲给我的五千法郎生活费，无论发生什么事情，我靠它过上一年总是足够了。

我没有把我的决定告诉玛格丽特，深信她会拒绝这笔赠与的。

这笔年金来自一座房子六万法郎的抵押费，我连这座房子也从来没有看过。我所知道的是，我们家的老朋友，我父亲的公证人，每一季度都交给我七百五十法郎，向我要回一张普通的收据。

在玛格丽特和我，我们回巴黎去找公寓的那一天，我去找了这位公证人，询问他我应该办什么手续，才能把这笔年金转让给别人。

这个正派的人以为我破产了，便向我了解做出这个决定的原因。由于我迟早要把我这笔赠与的受惠人告诉他，我不如马上对他说出实情。

作为公证人和朋友，他可以向我提出异议，但他根本没有这样做，而是向我保证，他会负责尽力把一切安排好。

我当然叮嘱他对我父亲守口如瓶，于是我去找玛格丽特，她在朱丽·迪普拉家里等我。她宁愿到朱丽家，而不愿去听普吕珰丝的教训。

我们开始找公寓房子。我们看到的地方，玛格丽特都觉得房租太贵。而我呢，我则感到太简陋。但是我们最终达成一致意见，在巴黎最清静的街区之一看中一座小屋，它独立于主楼之外。

在这所小屋后面,伸展着一座迷人的花园,是附属于这片建筑的,四周有相当高的围墙,把我们同邻居隔开,但又不至于阻挡我们的视线。

这地方超过了我们预先的期望。

我回家去打算把原来那套公寓房退掉。而玛格丽特去找一个经纪人,据她说,这个经纪人过去曾替她的一个女友办过她要托他办的事。

她高高兴兴地回到普罗旺斯街来找我。那个经纪人答应替她付清一切债务,把收据交给她,再给两万法郎,作为她放弃所有家具的代价。

从出售的价钱来看,您已经明白这个正派人赚了他的主顾三万多法郎。

我们又欢天喜地地回到布吉瓦尔,一面继续商量我们未来的计划。由于我们无忧无虑,尤其我们一往情深,我们看到前景金光灿灿。

一星期以后,正当我们在吃午饭的时候,纳尼娜来对我说,我的仆人要见我。

我让他进来。

"先生,"他对我说,"您的父亲已来到巴黎,请您马上回去,他在家里等您。"

这个消息是最普通不过的事了,但是玛格丽特和我知道以后却面面相觑。

我们猜到大祸临头了。

因此,虽然她没有把我们不约而同产生的这种印象告诉我,我还是在回答她时向她伸出手去:

"一点儿不用害怕。"

"你尽量早些回来,"玛格丽特抱吻着我,喃喃地说,"我在窗口等你。"

我打发约瑟夫告诉我的父亲,说我马上就到。果然,两小时以后,我来到普罗旺斯街。

二十

我的父亲穿着室内便袍,坐在我的客厅里写信。从他抬起眼睛看我进去的神情,我马上明白要谈论严重的事。

但是我装出似乎猜不透他的脸色那样,走过去拥抱他。

"您什么时候到的,父亲。"

"昨天晚上。"

"您像往常一样,在我家里下榻吗?"

"是的。"

"我很抱歉没有在家接待您。"

说了这句话以后,我等待着听到父亲的训导,他冷冰冰的面容向我预示了这种迹象。但是他一声不吭,封好他刚写好的信,交给约瑟夫投到邮筒里。

待到剩下我们两人时,我的父亲站起身来,倚在壁炉上对我说:

"亲爱的阿尔芒,我们要谈一些严肃的事。"

"我听着呢,父亲。"

"你答应我实话实说吗?"

"我一向如此。"

"你在跟一个叫作玛格丽特·戈蒂埃的女人同居,这是真的吗?"

"是真的。"

"你知道这是一个什么样的女人吗?"

"一个受人供养的姑娘。"

"正是为了她,今年你忘了来看我们——你妹妹和我吗?"

"是的,父亲,我承认。"

"这么说,你很爱这个女人啰?"

"这您看得很清楚,父亲,因为她使我耽误了履行神圣的责任,今天我要诚惶诚恐地向您请罪。"

我的父亲一定没有料到这样毫不含糊的回答,因为他看来沉吟了一下,然后他对我说:

"很明显，你明白你不能总是这样生活下去的吧？"

"我担心会这样，父亲，但是我自己也不明白为什么会这样。"

"不过你本该明白，"我的父亲用更加生硬的语气继续说，"我呀，我不会容忍你这样做的。"

"我想，只要我不辱没姓氏，败坏门风，我应该可以像我现在这样生活，这样我才能安详度日。"

爱情在和亲情进行着激烈的对抗。为了保住玛格丽特，我准备做一切斗争，甚至反抗我的父亲。

"那么，现在是改变你的生活的时候了。"

"唉！为什么呢，父亲？"

"因为你正在做败坏门风的事，而你也认为应该尊重门楣的。"

"我不明白您这些话的意思。"

"我这就跟你解释。你有一个情妇，这好得很；你像一个风雅人士那样为一个受供养的姑娘会钞，好极了；但是为了她，你忘记了最神圣的职责，你听任你的生活丑闻一直传到我们外省的家乡，玷污了我家体面的门楣，这是不能容许的，不允许再出现。"

"请听我说，父亲，那些对您搬嘴弄舌人并不了解我的情况。我是戈蒂埃小姐的情人，我和她生活在一起，这种事平常之极。我并没有把得之于您的姓氏安到戈蒂埃小姐的头上，我在她身上花的钱没有超过我的收入许可。我没有欠债，总之，我的所为丝毫不值得一个父亲去责备儿子，就像您刚才对我训斥的那样。"

"看到儿子走入歧途，做父亲的总有责任叫他绕开。你还没有做什么坏事，但是你以后会做的。"

"父亲！"

"先生，我比您更了解人生。只有在真正圣洁的女人身上，才有真正纯洁的爱情。凡是玛侬都会选出一个德·格里厄，而且现在时代风尚都改变了。如果社会不是循序渐进，那么也只能虚度岁月。您必须离开您的情妇。"

"我很遗憾不能听从您的话，父亲，这是不可能的事。"

"我一定要您同意。"

"不幸的是，父亲，放逐妓女的圣玛格丽特群岛已经不存在了。而且即使存在，您又能把她押送到那里去的话，那我也会跟随戈蒂埃小姐一起去的。您叫我有什么办法呢？也许是我错了，但是我只有做这个女人的情人时才可能幸福。"

"喂，阿尔芒，睁开眼睛吧，认清这是你的父亲，他始终爱你，一心盼望你幸福。你同一个人尽可夫的妓女姘居，难道很体面吗？"

"只要别人再也占有不了她，父亲，那有什么关系！只要这个姑娘爱我，只要她由于我们相互的爱情而得到新生，那有什么关系！总之，只要她改邪归正，那有什么关系！"

"啊！先生，这么说，您认为一个重视荣誉的人，他的使命就是使妓女改邪归正吗？这么说，您认为天主会给予人生这个怪诞的使命吗？人心不应该有其他热情吗？这种不可思议的热情将会怎样呢？您到四十岁的时候，对您今天所说的话做何想法呢？如果您的爱情在您以往的岁月中没有留下太深的痕迹，如果到时候您还笑得出来的话，您也会耻笑自己这种爱情。如果您的父亲过去有过您这种想法，任凭他的生活被这种爱情冲动所摆布，而不是坚定地按照荣誉和正直的思想去成家立业，那么眼下您会是怎样一种情况呢？考虑一下吧，阿尔芒，别再说这样的蠢话了。喂，快离开这个女人，您的父亲在恳求您这样做。"

我一声不吭。

"阿尔芒，"我的父亲继续说，"看在您圣洁的母亲的分儿上，请相信我，放弃这种生活，您会比所想象的还要快遗忘这种生活。把您推向这种生活的理论是行不通的。您不可能一直爱这个女人，她也不会一直爱您。你们两个把你们的爱情都夸大了。您断送了您的前程。再走一步您就会陷入泥淖而不能自拔，一辈子都要为青年时期的失足而悔恨。离开巴黎吧，到您妹妹那里去过上一两个月。休息和骨肉之情会很快医好这种狂热，因为这只不过是一种狂热而已。

"在这段时间里，您的情妇会聊以自慰的，她会再找一个情人。待您看到自己为了这样一个女人，差一点跟你父亲闹翻，失去他的慈爱，您就会对我说，我来找您做得很对，那时您会感谢我的。

"好了，你会离开她的，是吗？阿尔芒？"

我觉得我父亲的话适用于各种女人，但是他的话不适用于玛格丽特。然而，他跟我说最后几句话的语气是那么温柔，那么苦苦哀求，以致我都不敢答话。

"怎么样?"他声音激动地问。

"不怎么样,父亲,我根本不能答应您,"我终于说,"您要求我做的事,超出了我的能力。请相信我,"我看见他做了一个不耐烦的动作,便接着说,"您把这种关系的后果看得过于严重了。玛格丽特不是您想象的那种姑娘。这种爱情非但不会把我引入邪路,反而能够在我身上发展成至尊至贵的感情。真正的爱情总是使人变得美好,不管激起这种爱情的女人是什么样的人。如果您认识玛格丽特,您便会明白我绝不在冒险。她像最高尚的女人一样冰清玉洁。别人有多么贪婪,她就有多么无私。"

"这并不妨碍她接受你的全部财产,因为你把来自你母亲的六万法郎给了她。请记住我对你说的话,这是你仅有的财产。"

兴许我的父亲把这句威胁的话留到最后讲,是要给我最后一击。

我面对威胁比面对祈求更加坚不可摧。

于是我说:"谁告诉了您,我要把这笔钱送给玛格丽特?"

"我的公证人。一个有信誉的人能不通知我就办这样一件事吗？正是为了不让你讨好一个姑娘而做败家子，我才来到巴黎。你的母亲临死时给你留下这笔钱，是让你能体面地过日子，并不是让你向情妇摆阔气的。"

"我向您发誓，父亲，玛格丽特不知道这笔赠与。"

"那么你为什么要这样做呢？"

"因为玛格丽特，这个受到您污蔑、您要我抛弃的女人，为了和我过日子，牺牲了她拥有的一切。"

"你对这种牺牲当仁不让，是吗？那么说，你竟然让这位玛格丽特小姐为你做出牺牲，先生，你算什么男人呢？好啦，别再谈了。你必须离开这个女人。刚才我恳求你，现在我命令你这样做。我不容许在我家里有这样的丑事。打点你的行李，准备跟我走吧。"

"请原谅我，父亲，"这时我说，"我不离开巴黎。"

"为什么？"

"因为我已经长大成人，不能呼来唤去了。"

听到这句回答，我的父亲脸色变白。

"好吧，先生，"他又说，"我知道我该怎么做。"

他摇铃。约瑟夫进来了。

"把我的行李搬到巴黎饭店去。"他对我的仆人说。与此同时,他走进他的卧室,在那里穿上衣服。

他出来时,我向他迎了上去。

"父亲,"我对他说,"您能答应我,根本别做使玛格丽特难过的事吗?"

我的父亲停住脚步,轻蔑地望着我,仅仅回答我说:

"我想你是疯了。"

然后,他走了出去,一面把身后的门砰的一声关上了。

我也跟着下楼,要了一辆双轮轻便马车,前往布吉瓦尔。玛格丽特在窗口等候我。

二十一

"总算回来了!"她扑到我的脖子上,嚷着说,"你回来啦?你的脸色多么苍白啊!"

于是我向她叙述我和父亲争吵的场面。

"啊!我的天!我已料到了,"她说,"当约瑟夫来通知我们,你父亲到达的时候,我像听到祸事临头的消息一样瑟瑟发抖。可怜的朋友!是我让你这样烦恼的。或许你不如离开我,而不要跟你父亲闹翻。可是我丝毫没有冒犯他呀。我们安安生生地过日子,今后还要过得更加安分守己。他明明知道你需要有一个情妇,我做你的情妇,他本应感到高兴,因为我爱你,也不奢望超过你的地位所允许的享受。你告诉过他,我们怎样安排以后的生活吗?"

"讲过,这使他火冒三丈,因为他从我们的决心中看到我们相爱的证明。"

"那么怎么办呢?"

"我们待在一起,我的好玛格丽特,让这场风暴过去吧。"

"风暴会过去吗?"

"一定会过去的。"

"但是你的父亲不会固执己见吗?"

"你说他会怎么办呢?"

"我怎么知道呢?凡是一个父亲逼迫他儿子服从的事,他都干得出来。为了让你抛弃我,他会使你想起我过去的生活,也许还会给我赏脸,再杜撰出一些新鲜事。"

"你很清楚我爱你。"

"是的,但是我也知道你迟早要服从你的父亲,也许你最终要被他说服的。"

"不会。玛格丽特,将是我说服他。他是听了几个朋友的闲话,才大发雷霆的。但他心肠好,为人正直,他会回心转意的。再说,总而言之,我才不在乎呢。"

"不要这样说嘛,阿尔芒。我宁肯忍辱负重,也不愿意让人以为是我怂恿你和你的家庭闹翻的。今天就这样过去,明天你回到巴黎。你的父亲会从他那方面考虑就像你从自己这方面考虑一样,或许你们会言归于好的。不要冒犯他的原则,装出对他的愿望做些让步,别显得那么依恋我,他就会让事情顺顺当当地过去的。要抱有希望,我的朋友,对这一点要有信心:无论如何,玛格丽特总是忠于你的。"

"你向我发誓吗?"

"我需要向你发誓吗?"

被意中人的言辞所说服,那是多么甜蜜啊!玛格丽特和我,我们一整天都在反复谈论我们的计划,仿佛我们已经明白需要更快地实现这些计划一样。我们时刻都在预料会发生什么事,但是幸亏这一天过去了,没有出现什么新情况。

第二天,我十点钟离开,中午左右来到饭店。我的父亲已经出去了。

我赶回自己家里,指望父亲也许上那里去了。但没有人来过。我又来到公证人那里。没见人!

我又回到饭店,等到下午六点钟。迪瓦尔先生还没有回来。

我又踏上去布吉瓦尔的大路。

我见到玛格丽特并没有像昨天那样等待我,而是坐在炉火旁,这种季节已经要生炉子了。

她沉浸在思索之中,我走近她的扶手椅,她都没有听见,也没有回过身来。当我把嘴唇按在她的额角上时,她哆嗦了一下,仿佛这一吻把她惊醒过来一样。

"你吓了我一跳,"她对我说,"你的父亲呢?"

"我没有见到他。我不知道这是怎么回事。不管在饭店里,还是在他可能去的地方。我都找不到他。"

"那么,明天再去找吧。"

"我想还是等他派人来叫我。凡是我该做的,我想我都做了。"

"不,我的朋友,这样做远远不够,尤其明天,你一定要回去找你的父亲。"

"为什么不是别的日子,而是明天呢?"

"因为,"玛格丽特说,我觉得她听到这个问题以后,脸上泛起一点红潮,"因为你越是要求得迫切,我们就越快得到宽恕。"

这一天余下的时间里,玛格丽特若有所思,心不在焉,愁容满面。为了得到她的回答,我对她说话,不得不重复两遍。她把这种心事重重,归之于两天以来突兀发生的事,使她对前途产生的担忧。

整晚我都在安慰她。第二天,她带着我无法解释的惴惴不安催我动身。

像昨天一样,我的父亲不在饭店,但是他离开的时候给我留下这封信:

> 如果今天你又来看我,请等我等到四点钟。如果四点钟我回不来,那么明天来跟我一起吃晚饭:我必须跟你谈谈。

我一直等到说好的时间。父亲还没有回来,我便走了。

昨天我看到玛格丽特愁眉苦脸,这一天我看到她焦躁不安,异常激动。看到我进屋,她扑到我的脖子上,在我的怀里久久地啜泣。

我问她为什么会突然这样难过。她越来越感到痛苦，这使我惊慌不安。她没有告诉我任何切实的理由，她说的话都是一个女人不愿意说真话时提出的借口。

待她稍为平静一些以后，我把这次来去的结果讲给她听。我拿出父亲的信给她看，让她看到，我们可以预期好的结果。

看到这封信，又听到我的分析，她更是泪水涟涟，我只得叫来纳尼娜。我们担心她神经受了刺激，便让可怜的姑娘躺下，她一言不发，一味在哭，但是握住我的双手，不停地吻着。

我问纳尼娜，在我出门的时候，她的女主人是不是收到一封信，或者有人来过，才造成她这副模样。但是纳尼娜回答我说，没有人来过，也没有送来什么东西。

可是，从昨天以来一定发生过什么事，玛格丽特越是瞒我，我越是忐忑不安。

晚上她看来平静了一些，她叫我坐在她的床脚，长时间重申她的爱情坚如磐石。随后，她对我露出微笑，不过很勉强，因为她不由自主地泪水盈眶。

我想方设法要她吐露悲伤的真正原因，但是她总是执着地对我说一些模棱两可的理由。这些刚才我已经对您讲过了。

她终于在我怀里睡着了，可是这种睡眠只会摧残身体，而不是使身体得到休息。她不时发出一下喊声，惊醒过来，等她确信我确实在她身边，她便要我发誓永远爱她。

这种断断续续的痛苦一直延续到第二天早上，我丝毫不明白个中原因。这时，玛格丽特迷迷糊糊地睡着了。她已经有两夜没有合眼。

这次休息时间也不长。将近十一点钟，玛格丽特醒了过来，看到我站起身，她环顾四周，大声地说：

"这么说，你已经要走了吗？"

"不，"我握住她的双手说，"但我想让你睡觉。时间还早呢。"

"你几点钟到巴黎去？"

"下午四点钟。"

"这么早？在这之前你会一直陪着我，是吗？"

"当然啰，我不是一直这样的吗？"

"真是太好了！我们去吃午饭好吗？"她不经意地问。

"只要你愿意。"

"然后一直到离开，你都拥抱着我好吗？"

"好的，而且我会尽早回来。"

"你还回来吗？"她用惊恐的目光望着我说。

"当然啰。"

"不错，今天晚上你要回来的，而我呢，我像平时一样等待你。你会爱我，我们会像认识以来那样幸福。"

这几句话说得断断续续，她仿佛一直有难言之隐，以致我时刻担心看到玛格丽特陷入发狂状态。

"听着，"我对她说，"你生病了，我不能这样扔下你不管。我要写信给父亲，叫他别等我了。"

"不！不！"她突然叫道，"不要这样。否则你的父亲更要指责我，在他要见你的时候，我阻止你去找他。不，不，你必须去找他，必须去！再说，我没有生病，我身体好极了。只是因为我做了一个噩梦，我还没有完全清醒过来吧？"

从这时起，玛格丽特竭力显得更加愉快。她不再哭泣了。

待我要走的时刻来临,我抱吻她,问她是不是愿意陪我到火车站去。我希望散步可以使她分心,新鲜空气对她会有好处。

我尤其想跟她尽量多待一会儿。她同意了,穿上一件外套,同纳尼娜一起陪我去,免得单独回来。

有多少次我几乎都不想离开。但是,希望快去快回,还有生怕再次使父亲对我不满,这才使我下了决心。火车把我载走了。

"晚上见。"分手时我对玛格丽特说。

她默不作声。

已经有过一次,她不回答我这句话了。您还记得吧,那一次,德·G 伯爵在她家里过夜。但是时间隔得太长,这件事好像已从我的脑海中抹去了。如果此时我担心发生什么事,当然不再是担心玛格丽特在这方面欺骗我了。

到了巴黎,我径直跑到普吕珰丝家里,恳请她去看望玛格丽特,希望她的热情和活泼能使玛格丽特散散心。

我没有让人通报便闯了进去,看到普吕珰丝正在梳妆打扮。

"啊!"她惴惴不安地对我说,"玛格丽特跟您一起来的吗?"

"没有。"

"她身体好吗?"

"她不舒服。"

"她今天不来了吗?"

"她今天要来吗?"

杜韦努瓦太太涨红了脸,有点儿窘迫地回答我说:

"我的意思是:既然您到巴黎来,难道她不来跟您会面吗?"

"不来。"

我望着普吕珰丝,她垂下眼睛,从她的面容我似乎看出她生怕我的拜访拖长下去。

"我就是来邀请您的,亲爱的普吕珰丝,如果您没有什么事要做的话,请您今晚去看看玛格丽特。您去陪陪她,还可以睡在那边。我从来没有见过她今天这个样子,我担心她会病倒。"

"我要在城里吃晚饭,"普吕珰丝回答我说,"今天晚上不能去看玛格丽特,但是明天我可以去看她。"

我向杜韦努瓦太太告辞,我觉得她几乎跟玛格丽特一样心事重重。于是我去找父亲,他第一眼就是仔细地端详我。

他向我伸出手来。

"你两次来找我,使我很高兴,阿尔芒,"他对我说,"这两次拜访使我产生了希望,你会从自身设想去考虑,就像我从我这方面去考虑一样。"

"我能冒昧地问一下您,父亲,您考虑的结果是什么吗?"

"结果是,我的孩子,我把别人告诉我的情况看得过于严重了,我决定对你稍微宽容一些。"

"您说什么,父亲!"我高兴地嚷了起来。

"我说,亲爱的孩子,凡是年轻人都得有个情妇,而且根据新情况,我倒更喜欢你的情妇是戈蒂埃小姐,而不是别人。"

"我的好父亲!您使我多快乐啊!"

我们就这样谈了一会儿,然后我们吃饭。吃晚饭的时候,父亲一直很亲切。

我急于回到布吉瓦尔,把这个可喜的变化告诉玛格丽特。我不停地看看挂钟。

"你在看时间,"父亲对我说,"你急于要离开我。噢!年轻人哪!你们总是这样,牺牲真挚的爱去换取靠不住的爱吗?"

"别这样说,父亲!我确信无疑,玛格丽特爱我。"

父亲没有吭声,他的神态既不是怀疑,也不是相信。

他再三坚持要我跟他一起度过这个夜晚,让我第二天再走。但是我告诉他,我把玛格丽特撇下时她正不舒服。我求他答应让我早点回去看她,我应允他第二天再来。

当晚光风霁月,他要一直陪我到站台。我从来没有这样神清意爽。未来就像我长久以来所追求的那样,在我眼前展现。

正当我要动身的时候,他再一次坚持要我留下来,但我拒绝了。

"这么说,你果真很爱她啰?"他问我。

"爱得发疯。"

"那么走吧!"他抹了一下额角,仿佛他想驱走一个念头似的，然后他张开嘴，好像要对我说什么事一样。但是他仅仅握了握我的手，突然离开了我，一面对我喊道：

"好吧，明天见！"

二十二

我仿佛觉得火车没有开动一样。十一点钟,我回到布吉瓦尔。

房子里没有一扇窗亮着灯光,我拉铃,没有人回应。

这样的情况我是头一次碰到。园丁终于出现了。我进了屋。

纳尼娜拿了一盏灯向我走来。我来到玛格丽特的房间。

"夫人在哪里?"

"夫人到巴黎去了。"纳尼娜回答我说。

"到巴黎去了?"

"是的,先生。"

"什么时候?"

"您走后一个小时。"

"她没有给我留下什么话吗?"

"没有。"

纳尼娜抽身走了。

"她可能有些担心,"我想,"也许到巴黎去,是想证实我说去找父亲是不是一个借口,为的是有一天自由的时间。"

"说不定普吕珰丝写信给她,有件要事,"剩下我一个人的时候,我心想,"但是我在巴黎见过普吕珰丝,她并没有对我说过什么足以让我想到她会给玛格丽特写过信。"

骤然间,我想起,杜韦努瓦太太在我告诉她玛格丽特生病时,她对我提出的这个问题:"这么说,她今天不来了吗?"我同时记起了当我打量她时,普吕珰丝显出尴尬的神态,好像这句话泄露了有个约会似的。除此以外,我还回忆起玛格丽特整日以泪洗面。只是后来因为我父亲对我笑脸相迎,这才使我有点忘了她的哭泣。

从这时起,在一天之内发生的所有事情,都聚集在我的第一个怀疑周围,这种疑惑在我的脑海里越来越牢固,直至想到我父亲变得宽容大度,这些全都证实了我的疑心。

玛格丽特几乎是硬要我到巴黎去。当我提出要留在她身边的时候，她便假装平静下来。我难道落入了什么圈套吗？玛格丽特欺骗了我吗？她是不是本来打算及时赶回来，不让我发现她离开过，或因偶然的事把她拖住了呢？为什么她对纳尼娜只字不提，她又为什么不给我写几个字呢？她的哭泣，她的出门，这样神乎其神，意味着什么呢？

我在这个空荡荡的房间里，惶恐不安地这样思索着。我的眼睛盯着挂钟，已是半夜时分，挂钟好像在对我说，时间已经太晚了，我在白白地希望看到我的情妇回来。

可是，我们刚刚对今后的生活做了安排，她做出了牺牲，我也接受了。难道她当真欺骗了我吗？不会的。我竭力要摒弃我最初的揣想。

"这个可怜的姑娘可能为她的家具找到了一个买主，她到巴黎去洽谈了。她不想事先告诉我，因为她知道，尽管这次出卖家具对于我们今后的幸福十分必要，后来我也同意了，但是，这对我来说仍然很难堪。她担心对我讲了，会伤害我的自尊心和脉脉温情。她宁愿等一切了结以后才重新露面。普吕珰丝不消说就是为了这件事在等她，而且在我面前露了馅。玛格丽特今天大概不能办妥这笔交易,睡在普吕珰丝家里。或许她待会儿就会回来,因为她一定料到我会焦虑不安,肯定不愿把我丢在家里不管。

"但是,为什么她要泪流不止呢?不用说,尽管她很爱我,但是可怜的姑娘舍不得放弃豪华的生活,不能不哭哭啼啼的。至今她过惯了奢侈生活,舒舒服服的,别人也嫉羡不已。"

我非常愿意体谅玛格丽特这种留恋不舍的心情。我焦躁地等待着她,我要一边吻遍她,一边对她说,我已猜到了她神秘地离开的原因。

可是,夜深人静,玛格丽特还没有回来。

焦急不安像只铁箍一样,越收越紧,箍紧了我的头和心。或许她出了什么事吧!或许她受了伤,得了病,没了命!或许我就要见到一个报信的人来向我宣布一件恶性事故!或许一直到天明,我仍然处在捉摸不定和担惊受怕的状态中!

玛格丽特的离家引起我惶悚不安,在我提心吊胆地等待她时,她却在欺骗我,这种想法不再在我脑际出现。必定是有一种她身不由己的原因把她拖住了，使她回不到我的身边。我越想越深信这种原因只能是某种灾祸。噢，人的虚荣心啊！你的表现形式真是多种多样。

一点钟刚刚敲过。我心想，我要再等她一个小时，但是，如果到了两点钟玛格丽特还不回来，我便动身到巴黎去。

在这段时间里，我找了一本书看，因为我不敢多想。

《玛侬·莱斯科》在桌子上摊开着。我觉得一页页到处好像被泪水濡湿过一样。在翻看了一会儿以后，又合上了书。由于我疑虑重重，书上的字母对我来说失却了意义。

时间慢慢地流逝。天空乌云密布。秋雨抽打着玻璃窗。我觉得空荡荡的床不时地像座坟墓一样。我不由恐惧起来。

我打开门，侧耳细听，除了树林里呜呜的风声以外，什么也听不见。大路上车辆绝迹。教堂的钟楼愁惨地敲响了半点钟。

我突然害怕有人进来。我觉得在这种时候，在这种阴森的天气里，唯有不幸才会来光顾我。

两点钟敲响了。我再等了一会儿。只有挂钟单调而有节奏的嘀嗒声才打破了寂静。

最后我离开了这个房间，由于内心的孤寂和不安，我觉得房间里周围的一切，连最小的东西都蒙上了忧郁的外貌。

在隔壁房间里，我看到纳尼娜扑在她的活计上睡着了。听到门响声，她惊醒过来，问我是不是她的女主人回来了。

"不是的，不过，如果她回来了，你就告诉她，我实在放心不下，到巴黎去了。"

"在这种时候？"

"是的。"

"但是怎么去呢？您叫不到马车的。"

"我步行去。"

"但是下着雨呢。"

"我不在乎。"

"夫人要回来的，即使她不回家，等天亮再去看看是什么事拖住了她，也总是来得及呀。您在路上会被人谋害的。"

"不会有危险，亲爱的纳尼娜，明天见。"

这位忠厚的姑娘去替我找来大衣，披在我的肩上，劝我去叫醒阿尔努大妈，向她打听能不能叫到一辆马车。但是我拒绝了,深信我会劳而无功,白费力气,也许所费的时间要超过我赶一半的路程。

再说,我需要新鲜空气和肉体疲劳,因为疲劳可以消除我当时的过度亢奋。

我拿上昂坦街那套公寓的钥匙。纳尼娜一直把我送到栅栏门,我向她告别之后就走了。

起初我在小跑,但是地上刚被雨水淋湿,使我加倍地疲劳。跑了半小时以后,我不得不停了下来,浑身水淋淋的。我歇了一会儿,又继续赶路。夜色漆黑,我随时担心撞上路旁的树木。这些树突兀地呈现在我的眼前,活像巨大的幽灵向我冲过来。

我遇到一两辆运货马车,一会儿就把它们甩在后面。

一辆敞篷四轮马车朝布吉瓦尔方向疾驰而来。正当这辆马车从我面前掠过的时候,我的心头萌生出一个希望:玛格丽特坐在里面。

我站住叫喊:"玛格丽特!玛格丽特!"

但是没有人回答我,马车继续赶路。我望着它渐行渐远,我继续往前走。

我花了两小时才走到星形广场的栅栏处。

看到巴黎使我又有了力气,我沿着那条长长的林荫道跑了下去,这条路我走过多少回啊。那天晚上,路上空寂无人。简直可以说是漫步在一个死城中。

天开始破晓。

我到达昂坦街的时候,这座大城市还没有完全苏醒,但已经有点骚动起来。

正当我踏入玛格丽特那座住宅的门口时,圣罗克教堂的大钟敲响五点钟。

我向门房报出我的名字,以前他得到过我不少二十法郎的金币,知道我有权在清晨五点钟来到戈蒂埃小姐家中。因此我毫无阻拦地进去了。

我本来可以问他,玛格丽特是不是在家,但是他可能回答我说不在,于是我宁愿再怀疑两分钟,因为既然在怀疑,我就仍然有希望。

我在门口侧耳细听,竭力要抓住一点声音,一点动静。

什么也听不到。乡下的静谧似乎延续到这里一样。我打开门,走了进去。所有窗帘都掩得严严实实。

我扑向窗帘的拉绳,使劲一拉。窗帘分开了;一抹微弱的亮光透射进来,我奔向大床。床上空荡荡的!

我把门一扇接一扇地打开,察看了所有的房间。

空无人影。真要令人发疯了。

我走进梳妆室,打开窗户,叫了好几声普吕珰丝,但杜韦努瓦太太的窗子紧关着。

于是我下楼去找门房,我问他,白天戈蒂埃小姐是不是回来过。

"是的,"这个人回答我说,"跟杜韦努瓦太太一起来过。"

"她没有留下什么话给我吗?"

"没有。"

"你知道她们后来做什么吗?"

"她们乘马车走了。"

"什么马车?"

"一辆豪华的双座四轮轿式马车。"

这一切到底是怎么一回事呢?

我拉响隔壁房子的门铃。"您找哪一家,先生?"门房打开门后问我。

"找杜韦努瓦太太。"

"她没有回来。"

"你确信无疑吗?"

"是的,先生;这里还有一封信,是昨天晚上送来的,我还没有交给她呢。"

门房拿出一封信给我看,我禁不住朝那封信瞟了一眼。我认出是玛格丽特的笔迹。

我拿过信来。信封上写着:

> 烦请杜韦努瓦太太转交迪瓦尔先生。

"这封信是给我的。"我对门房说,并且把信封上的字指给他看。

"迪瓦尔先生就是您吗?"这个人问我。

"是的。"

"啊!我认出您来了,您经常到杜韦努瓦太太家里来。"

一到街上,我就拆开了这封信的封印。

即使霹雳落在我的脚下,也不会比读完这封信更加使我惊骇。

> 在您读到这封信的时候，阿尔芒，我已经是另一个男人的情妇了。因此，我们之间一切都已结束。
>
> 回到您父亲的身边去吧，我的朋友，回去看看您的妹妹吧，她是一个圣洁的姑娘，对我们这些人的悲苦一无所知。在她身旁，您会很快忘却那个叫作玛格丽特·戈蒂埃的妓女使您所受的罪。您曾经甘心情愿爱上她，她这辈子仅有的幸福日子得之于您。眼下她希望她的生命屈指可数。

当我读到最后一句话时，我以为我快要发狂了。

有一会儿我当真害怕倒在街上。一片云翳掠过我的眼睛，热血在我的太阳穴突突地跳动。

最后我又振作起来，环顾四周，看到别人并不驻足关心我的不幸而继续自己的生活，我不免惊异万分。

我确实不够坚强，很难独力承受玛格丽特给我的打击。

这时我想起我父亲跟我在同一个城市里，再过十分钟，我就可能在他身边，不管我缘何痛苦，他都会为我分担的。

我像疯子，像小偷一样奔跑，一直来到巴黎饭店。我看见父亲的套房门上插着钥匙。我开门进去。

他在看书。

我看到他对我的出现并不怎么惊讶，可以说他正在等待我。

我扑到他怀里，一言不发，把玛格丽特的信交给他，然后倒在他的床前，我热泪滔滔地痛哭起来。

二十三

当生活中的一切恢复常规以后,我难以相信,新的一天对我来说,跟以前的日子会有什么两样。有的时候我会设想,有种我记不起来的情况,使我不能在玛格丽特那里过夜,但是,我回到布吉瓦尔以后,会看到她像我一样焦灼不安,她会问我是谁把我留住了,让她独守空房。

当生活中产生了爱情,而且习以为常以后,那么要使这种爱情破裂,却不损伤生活的其他精力,似乎是不可能的事。

因此,我不得不时常重读玛格丽特的信,让自己确信我不是在做梦。在精神受到打击之下,我的身体支持不住,难以动弹。忐忑不安,夜里赶路,早晨的消息,这一切使我精疲力竭。父亲看我体力完全衰竭，要我明确地答应跟他一起离开巴黎。

我唯命是从。我无法进行争论，这件事过去之后，我需要真挚的爱，帮助我生活下去。

父亲很想让我摆脱这样的悲哀，我感到心里暖融融的。

我能记得起的是，那天约莫五点钟，他让我跟他一起登上一辆驿车。他没跟我提起，就让人收拾好我的行李，和他的行李一起，捆在马车后面，然后他把我带走了。

只是当城市在地平线上消失，路途的寂寞又勾起我心中的空虚以后，我才对自己的行动有所感觉。

于是我又泪水盈眶。

父亲明白，用言词，即使是他的话，也不能安慰我。他让我哭泣，默不作声，有时仅仅握一下我的手，好像让我记得我有一个朋友在身边一样。

夜里我睡了一会儿。我梦见了玛格丽特。

我惊醒过来，不明白为什么我待在马车里。

随后现实又回到我的脑际，我的脑袋耷拉在胸前。

我不敢跟父亲交谈，我总是怕他对我说：

"我是否定这个女人的爱情的,你看我说对了吧。"

但是他没有得寸进尺。我们到达了C城,除了跟造成我离开巴黎那件事毫不相干的话以外,他没有对我说起别的事。

当我拥抱我的妹妹时,我想起了玛格丽特信中提及她的话,但是我旋即明白,不管我的妹妹多么好,她也不能使我忘却我的情妇。

狩猎季节开始了,我的父亲认为打猎可以给我解闷。因此他跟邻居和朋友们组织了几次打猎。我参加了,既不反感,也无热情,一副漠不关心的样子,自从我离开巴黎以后,这是我一切行动的特点。

我们进行围猎。他们给我分派好位置。我把卸掉子弹的枪放在旁边,陷入了沉思。

我看着浮云飘过。我让我的思路在寂寥的原野上驰骋,我时不时听到有猎手向我召唤,指出离我十步远的地方有一只野兔。

所有这些细枝末节都没有被我的父亲忽略过去,他没有为我外表的平静所蒙蔽。他非常清楚,我的心灵受到如此刺激,迟早我总会有某种可能出现的乃至危险的反应。所以,

阿尔芒的妹妹

他一面避免显出急于要安慰我，一面却在殚思极虑地使我心头放宽。

我的妹妹自然不了解所有这些事，因此，她捉摸不透，为什么我原来是那么快活开朗，却一下子变得如此爱沉思默想和郁郁寡欢。

有时候，我正在黯然神伤，无意中发现父亲用不安的眼神望着我，我便向他伸出手去，紧握他的手，仿佛默默无言地请求他原谅，我不由自主地给他造成了痛苦。

一个月就这样过去了，但是我也只能忍受到这一步。

我不断地追忆起玛格丽特。我以前和至今对这个女人爱得太深，以致我对她不可能一下子变得无所谓。不论我对她怀有什么样的感情，我必须再见到她，而且要快。

这个愿望潜入我的脑际，来势汹汹，就地生根，而且终于在我那长久了无生气的躯体内表现出来。

我需要见玛格丽特不是在将来，或者过一个月，过一星期，而是在我有了这个想法的第二天。于是我去告诉父亲，我要离开他，巴黎有些事等着我去办理，但是我会迅速地回来的。

他一定猜到了我要离开的原因，因此他坚持要我留下。可是，看到我一触即发，若实现不了这个愿望，我就可能产生不祥的后果时，他便抱吻了我，几乎噙着眼泪，恳求我尽快回到他的身边。

在到达巴黎之前，我是睡不着觉的。

一到巴黎，我要干什么呢？我一无所知。但是当务之急是我要找到玛格丽特。

我到家里换好衣服，由于天气晴朗，而且还有时间，我便前往香榭丽舍大街。

半个小时以后，我远远地看到玛格丽特的马车从圆形广场向协和广场驶来。

她赎回了马和车，因为样子照旧。不过她没有坐在车上。

我一注意到她不在车上，便朝四周张望，我看到玛格丽特由一个我过去从未见过的女人陪伴，徒步走来。

经过我身旁的时候，她的脸变得煞白，一个神经质的笑容扭曲了她的嘴唇。至于我呢，剧烈的心跳冲击着我的胸膛。可是我终于让脸上摆出冷冰冰的神情，我冷冷地向我旧日的情妇打了个招呼，她几乎立即赶上她的马车，同她的女友一起上了车。

我了解玛格丽特。这次不期而遇势必使她心潮难平。不消说，她知道了我离开巴黎，因此对我们关系破裂的后果并不在意。但是她看到我重新回来，而且迎面撞上，我的脸色又如此苍白，她便明白我的返回是有目的的。她大概要寻思将会发生什么事。

如果我看到玛格丽特身处逆境，如果我可以去援助她，以此来报复，那么我或许会原谅她，一定不会考虑去伤害她。但是我看到她很幸福，至少表面上是这样。我无法使她继续保持豪华的生活，而另外有人把这种生活还给了她。我们关系的破裂来自她，而且带有最卑劣的利害关系的性质。我的自尊心和爱情都受到了侮辱，为此势所必然，她非得为我遭受的痛苦付出代价不可。

对于这个女人的所作所为，我不能漠然视之。所以，最能伤害她的就是我能表现出清心寡欲。不单在她面前，而且在众人面前，都必须装出若无其事。

我竭力装出一副笑脸，来到普吕珰丝家里。

她的女仆通报我来了，让我在客厅里等了一会儿。

杜韦努瓦太太终于出来了,把我带到她的小客厅里。正当我坐下的时候,我听见客厅里开门的声音,地板上响起了轻轻的脚步声,随后楼梯平台上的门猛地关上了。

"我打扰您了吗?"我问普吕珰丝。

"一点没有,玛格丽特在我这里。她听到通报您来了,便溜掉了,刚才是她出去。"

"这么说,现在她怕我了?"

"不,而是她担心您见到她会心里不痛快。"

"这是为什么呢?"我说,一面竭力要自由呼吸,因为我激动得透不过气来,"可怜的姑娘离开了我是为了重新得到她的马车、她的家具和她的钻石,她做得对,我不应该怨恨她。今天我遇见了她。"我漫不经心地补了一句。

"在哪里?"普吕珰丝说,她望着我,仿佛在捉摸这个人可是她过去认识的那个柔情缱绻的人。

"在香榭丽舍大街,她跟另外一个非常漂亮的女人在一起,这个女人是谁?"

"她是什么模样?"

"头发金黄,鬓角卷发,身材窈窕,蓝眼睛,非常雍容华贵。"

"啊！这是奥林普。确实是一个非常漂亮的姑娘。"

"她跟谁一起过？"

"任何人都不跟，但人尽可夫。"

"她住在哪里？"

"特隆歇街……号，啊！原来如此，您想打她的主意吗？"

"将来的事谁也不知道。"

"那么玛格丽特呢？"

"对您说我完全不再想她，那是撒谎。但是，我这种人非常重视分手的方式。玛格丽特那么轻率地就把我打发了，我不免觉得过去对她那么多情是太傻了，因为我确实曾经非常迷恋过这个姑娘。"

您猜想得出我是竭力用什么语气来说这番话的，汗水从我的额角淌了下来。

"她非常爱您，是呀，而且她始终爱着您。证据是，今天她遇到您以后，马上就来告诉我。来到的时候，她浑身颤抖，几乎要晕过去。"

"那么她对您说什么来着？"

奥林普

"她对我说：'他一定会来看您的。'她恳求我要您原谅她。"

"我已经原谅她了，您可以这样对她说。她是一个好姑娘，不过这是一个妓女。她这样对待我，我早该料到的。我感谢她下了决心，因为今天我寻思，要跟她永不分离的想法会把我们拖累到什么田地。这简直是发疯。"

"如果她知道您也同意她不得不这样做，她会非常高兴。她离开您该是时候了，亲爱的。她曾经提出把家具卖给她的经纪人，这个混蛋却找到她的几个债主，问他们玛格丽特欠了他们多少钱。这些债主不免恐慌起来，准备过两天就进行拍卖。"

"那么现在债还清了吗？"

"差不多还清了。"

"是谁出的钱？"

"是德·N伯爵。啊！亲爱的！有些人生来是专门干这一行的。总之，他拿出两万法郎，但是他达到了目的。他明明知道玛格丽特并不爱他，这并不妨碍他待她非常体贴。您已经看到了，他替她把马车买回来，赎回她的首饰。公爵以前给她多少钱,他也如数给她。如果她想过清静日子,这个人倒是会跟她过下去的。"

"她在干什么?她全部时间都住在巴黎吗?"

"自从您走了以后,她根本不想回到布吉瓦尔。是我到那里去收拾她的所有东西,甚至还有您的东西。我把您的东西打了一个包裹,您可以叫人取走。东西都全了,除了一只印有您名字的开头字母的小皮夹子以外。玛格丽特想要,拿到她家里去了。如果您很看重的话,我再问她要回来。"

"让她留着吧。"我嘟嘟囔囔地说,因为我想到在那个村子,我曾经生活得那么幸福,又想到玛格丽特一心要留下一件我的东西做纪念,我便感到无限伤感。

如果她在这时进来的话,我的复仇决心便会化为乌有,而且我会跪倒在她的脚下。

"另外,"普吕珰丝又说,"我从来没有见过她像眼下这样:她几乎不想睡觉,她到处参加舞会,吃夜宵,甚至喝得半醉。最近吃过一次夜宵以后,她在床上躺了一星期。医生刚允许她起床,她又不要命地重新开始这种生活。您想去看她吗?"

"何必呢？我是来看您的，因为您始终对我很友好，而且我认识您早于认识玛格丽特。亏了您，我才做了她的情人，也是由于您，我才不再是她的情人，对吗？"

"啊！当然啰，我千方百计让她离开您，我想，以后您不会怨恨我的。"

"我要加倍感谢您，"我站起来接着说，因为我看到这个女人把我对她说的话当真，我对她产生了厌恶。

"您要走了吗？"

"是的。"

我了解的已经足够了。

"什么时候能再见到您？"

"不久吧。再见。"

"再见。"

普吕琂丝一直把我送到门口。我回到家里时，眼里噙着愤怒的泪水，心中怀着复仇的渴望。这样说来，玛格丽特显而易见跟别的妓女一样。这样说来，她对我深沉的爱情，敌不过恢复昔日生活的欲望，敌不过对马车和欢宴的需要。

这就是我夜不成寐时心中的所思所想。如果我能像假装的那样冷静地思索，我便会在玛格丽特这种喧闹的新生活中，看出她希望以此去摆脱一个纠缠不休的念头，一个不断出现的回忆。

不幸的是，邪恶的激情主宰着我，我一心要寻找一个方法，去折磨这个可怜的女人。

噢！人在他狭隘的爱情受到伤害时，变得多么渺小和多么容易恼怒啊！

我曾见到跟玛格丽特在一起的那个奥林普，如果不是玛格丽特的女友，至少也是她返回巴黎以后来往最密切的人。奥林普要举行一个舞会，由于我预料玛格丽特会去参加，我就设法搞到了一张请柬。

当我满怀痛苦而激动的心情来到舞会时，客厅里已经相当热闹。大家跳着舞，甚至在叫喊。在一次四对舞里，我看到玛格丽特在跟德·N伯爵跳舞，他看来对自己能炫耀这样一位舞伴感到洋洋得意，似乎在对大家说：

"这个女人是属于我的！"

我背靠着壁炉，正好面对玛格丽特，我看着她跳舞。她一看见我就慌了手脚。我望着她，不经意地用手势和眼色向她打了个招呼。

我想到舞会以后，陪她走的不再是我，而是这个有钱的傻瓜。我又设想他们回到她家里以后确实要发生的事。这时，热血涌上了我的脸，我感到有必要破坏他们的爱情。

四对舞之后，我走过去向女主人致意。她把玉洁冰清的肩膀和令人目眩神迷的半裸胸脯，展露在宾客眼前。

这个姑娘是个美人儿，从体形来看，她比玛格丽特还要好看。正当我跟奥林普说话的时候，从玛格丽特向她投过来的眼光，更使我明白了这一点。一个男人做了这个女人的情夫，便可以像德·N伯爵一样骄傲，而且她的姿色也足以引起我的爱慕，可与玛格丽特过去在我身上引起的爱慕相媲美。

那时候她还没有情人。要做她的情人并不难，只要花得起钱，就能博得她的青睐。

我的决心已定。这个女人将要成为我的情妇。

我开始同奥林普跳舞，扮演起追求者的角色。

半个小时以后，玛格丽特脸色苍白得像死人一样，穿上皮大衣，离开了舞会。

二十四

这已经不错了,但是还不够。我知道我有力量控制这个女人,我卑怯地滥用了这种力量。

如今我想到她已经过世,我扪心自问,天主是不是会原谅我给她造成的伤害。

夜宵吃得嘈杂吵闹,吃完以后开始赌钱。

我坐在奥林普旁边,我下注下得那么大胆,她不由得注意起来。一会儿工夫,我便赢了一百五十至二百路易。我把这些钱摊在我面前,她目光灼灼地注视着。

只有我一个人没有把注意力全部放在赌博上,而是在留心她。余下的时间我还是赢钱。是我给她钱去赌,因为她把摆在自己面前的钱全部输光了,说不定她手上就这些钱。

清晨五点钟大家各奔东西。

我赢了三百路易。

所有的赌客已经下楼,唯有我留在后面,谁也没有发觉,因为这些客人没有一位是我的朋友。

奥林普亲自照亮楼梯,我正要像大家一样下楼,突然,我又回到她身边,对她说:

"我要跟您谈谈。"

"明天吧。"她对我说。

"不,现在。"

"您要跟我谈什么呢?"

"您就会知道的。"

于是我又回到房间里。

"您输了钱。"我对她说。

"是的。"

"您手头的钱全输掉了吧?"

她踌躇着。

"坦率一点嘛。"

"好吧,真是这样。"

"我赢了三百路易，全在这里，只要您肯让我留下来。"

说时，我把金币扔在桌子上。

"为什么您要这样做？"

"因为我爱您，当然啰！"

"不对，而是因为您爱玛格丽特，您想用变成我的情人的办法来报复她。像我这样的女人是骗不了的，亲爱的朋友。不幸的是，我还年轻，又漂亮，接受您向我提出的角色是不合适的。"

"这样说的话，您拒绝啰？"

"是的。"

"您宁愿心里爱我又让我一无所获吗？那么我是不会接受的。考虑一下吧，亲爱的奥林普。我本来可以派一个人来，按照我的条件给您送上这三百路易，您会接受下来。但我宁愿直接同您谈。您接受吧，不要追究促使我行动的原因。您要想到您是漂亮的，我爱上您不足为奇。"

玛格丽特像奥林普一样是个受人供养的姑娘，但是我在第一次见到她时，绝不敢对她说出我刚才对这个女人所说的话。这是因为我爱玛格丽特，这是因为我在她身上发现了奥林普所缺少的天性。在我提出这笔交易的时候，尽管奥林普有绝色之美，但这个我和她谈成生意的女人却令我倒胃口。

当然，她最终还是接受了。中午，我从她家里出来的时候，已经是她的情人了。为了我给她的六千法郎，她认为不得不慷慨地给我温存，对我情话绵绵，但是当我离开她的床时，却没有留下丝毫回忆。

可是，已经有人为这个女人而倾家荡产。

从这一天起，我让玛格丽特每时每刻都在忍受折磨。奥林普和她互不来往了，您很容易理解为什么会这样。我送给我的新情妇一辆马车和首饰，我又去赌钱，一个爱上像奥林普那样女人的男人必然会做的荒唐事，我最后都做遍了。我有了新欢的传闻很快不胫而走。

连普吕珰丝也上了当，终于相信我完全忘却了玛格丽特。对玛格丽特来说，要么她揣测到我这样做的动机，要么她也像别人一样受骗了。她以高度的自尊心来对付我每天给她的伤害。不过，她看来很痛苦，因为凡是我遇到她，我总是看到她的脸色越来越苍白，越来越忧郁。我对她的爱情过于强烈，以致变成了仇恨，看到她每天这样痛苦，我感到幸灾乐祸。有几次在我这样卑劣而残酷地折磨她时，玛格丽特对我投来苦苦哀求的目光，我不禁对自己扮演的角色感到脸红，我几乎要请求她原谅。

但是这种内疚转瞬即逝。而奥林普终于把自尊心撇在一边，她知道只要伤害玛格丽特，就能从我那里得到她想要的一切。她不断地挑动我跟玛格丽特作对，一有机会就侮辱玛格丽特，像有男人撑腰的女人一样，持续不断地使用卑劣的手段。

玛格丽特终于不再参加舞会，也不去看戏，生怕遇到奥林普和我。于是，写匿名信代替了当面的无礼举动，只要是见不得人的事，我就怂恿我的情妇去散布，我自己也都将这种事栽在玛格丽特的身上。

做到这一步真该发疯了。我就像一个灌饱了劣酒的醉汉一样，陷入神经兴奋之中，动手犯了罪，脑子却不认为有什么了不起。在这样做的时候，我内心非常痛苦。而对我这些挑衅，玛格丽特的态度是安详而不轻蔑，尊严而不鄙视。在我看来，她这样做高出于我，使我对她更加恼怒。

一天晚上，奥林普不知上哪儿去时遇到了玛格丽特。这次玛格丽特没有饶过侮辱她的蠢姑娘，以致奥林普不得不让步。奥林普回来时怒气冲冲，而昏倒了的玛格丽特则被抬走。

奥林普回来以后把事情经过告诉了我，她对我说，玛格丽特看到她单身一人，便因她做了我的情妇而施加报复。她要我一定得写信给玛格丽特，告诉她以后无论我在不在场，都要尊重我所爱的女人。

用不着对您说，我同意了，凡是我能找到的挖苦话、侮辱话和刻薄话，我都写到信里去了，当天我就将信寄往她家。

这次对她打击太厉害了。这个不幸的女人无法忍气吞声地逆来顺受。

我早就料想我会收到回信的，因此我决定整天不出门。

下午约莫两点钟，有人拉铃，我看到普吕珰丝进来了。

我竭力装出若无其事的样子，问她来找我有何贵干。但这一天杜韦努瓦太太没有挂着笑容，她委实激动地对我说，自从我回到巴黎以后，也就是说大约三个星期以来，我没有放过一次机会，去折磨玛格丽特，以致她病倒了，昨天的那场风波和今天早上的信使她卧病在床。

总之,玛格丽特没有责备我,反而托人向我求情,并转告我说,她精神上和肉体上再也没有力量忍受我对她的打击。

"戈蒂埃小姐把我从她家里打发走。"我对普吕珰丝说,"那是她的权利,但是,她要侮辱一个我爱的女人,借口说这个女人是我的情妇,那是我决不能允许的。"

"我的朋友,"普吕珰丝对我说,"您受到一个既无心肝又无头脑的姑娘的影响。您爱上了她,确实如此,但这不能成为折磨一个无法自卫的女人的理由。"

"让戈蒂埃小姐派她的德·N伯爵来见我,那样就势均力敌了。"

"您很清楚她不会这样做。因此,亲爱的阿尔芒,让她安静吧。如果您看到她的模样,您会因为您对待她的方式而羞愧。她脸色惨白,不停地咳嗽,她活不了多久啦。"

普吕珰丝向我伸出了手,补充了一句:

"去看看她吧,您的拜访会使她非常高兴。"

"我不想碰到德·N先生。"

"德·N先生绝不会在她家里。她忍受不了他这个人。"

"如果玛格丽特一定要见我,她知道我住在哪里,让她来好啦,我呢,我是不会踏入昂坦街的。"

"那么您会好好接待她吗?"

"一定接待周到。"

"好吧,我确信她会来的。"

"让她来吧。"

"您今天出去吗?"

"整个晚上我都在家。"

"我去告诉她。"

普吕珰丝走了。

我甚至没有写信告诉奥林普说我不去看她了。我同这个姑娘不用拘礼。一星期我难得同她过上一夜。我想,她会从林荫大道的通俗喜剧演员身上得到安慰的。

我出去吃晚饭,几乎立即就返回。我吩咐把所有炉子都生上火,还把约瑟夫打发走了。

在一小时的等待中,形形色色的感受使我难以平静,我不能一一向您介绍。当我在九点钟光景听到门铃声的时候,我的感受变成了强烈的激动,以致我去开门时,不得不扶着墙,以免跌倒。

幸亏会客室笼罩在暗淡的光线之中,以致我的脸色变化不容易看出来。

玛格丽特进来了。

她穿了一身黑衣服,戴着面纱。我几乎认不出她在面纱下的面容。

她走进客厅,揭开面纱。她的脸色像大理石一样苍白。

"我来了,阿尔芒,"她说,"您希望看到我,我就来了。"

她用双手捧着脸,泪如泉涌。

我走近她。

"您怎么啦?"我用变了调的声音问道。

她紧握住我的手,呐口不言,因为她泣不成声。但是过了片刻,她平静了一些,对我说:

"你害得我好苦,阿尔芒,我呢,我却没有什么对不起您。"

"没有什么吗?"我苦笑着反驳说。

"除了情况所逼以外,我没有什么对不起您。"

我看到玛格丽特以后心里的滋味，我不知道您平生是不是感受过，或者将来是不是会感受到。

她最后一次来我家里，就坐在她刚来时落座的位置上。只不过从此以后，她做了别人的情妇，吻她嘴唇的人不是我，而是别人。但此刻我还是不由自主地把嘴唇凑了过去。我觉得我依然爱着这个女人，而且胜过了以往爱她的程度。

可是我很难提及叫她来的原因。玛格丽特大概明白了我的苦衷，于是她接着说：

"我这次来是要打搅您，阿尔芒，因为我有两件事要求您。请原谅昨天我对奥林普所说的话，还有请发发慈悲，别再做您可能准备好对付我的事。自从您回到巴黎以后，不管是不是有意的，您大大伤害了我，如果说今天早上之前我已承受了极大的痛苦，如今我连它的四分之一也忍受不了。您会怜悯我的，是不是？您会明白，对于一个心地善良的男人来说，比起报复一个像我这样忧郁有病的女人，还有更加高尚的事可做呢。啊，您摸摸我的手吧。我在发烧，我离开病床不是为了来向您要求友谊，而是来请您高抬贵手。"

我握住玛格丽特的手。她的手果然发烫，可怜的女人在丝绒外套下面瑟瑟发抖。

我把她坐着的扶手椅推到炉火旁边。

"您以为我就不痛苦吗？"我接着说，"那天夜里，我先在乡下等您，后来又到巴黎去找您，我在巴黎只找到这封信，差一点使我发疯。

"您怎么能欺骗我呀，玛格丽特，那时我多么爱您啊！"

"不要谈这些了，阿尔芒，我不是来谈这个话题的。我期望看到您不像仇人那样，仅此而已。我还期望再握一次您的手。您有一位年轻貌美的情妇，据说您很爱她。愿您同她一起生活幸福，忘掉我吧。"

"那么您呢，您一定很幸福啰？"

"我的面容像一个幸福的女人吗，阿尔芒？不要嘲笑我的痛苦，您比谁都清楚我痛苦的原因和程度。"

"即使您像您所说的那样不幸，那么要改变这种情况则只取决于您。"

"不，我的朋友，情况不以我的意志为转移。您似乎是说我顺从了妓女的天性，其实不是，我服从的是一种迫切需要和某些原因，总有一天您会知道这些原因的，您也会因此而原谅我。"

"为什么您不在今天告诉我这些原因呢?"

"因为这些原因并不能使我们重修旧好,也许还会疏远您不该疏远的人。"

"这些人是谁?"

"我不能告诉您。"

"那么您在撒谎。"

玛格丽特站了起来,朝门口走去。

我在内心把这个脸色惨白、泪流满面的女人,同当初在滑稽歌剧院嘲笑我的姑娘做一比较,我无法看到她藏在心里、形之于外的痛苦而无动于衷。

"您不能走。"我拦在门口说。

"为什么?"

"因为,虽然你这样对待我,我还是始终爱着你,我要你留下来。"

"为了明天赶走我,是不是?不,这是办不到的!我们俩的命运已经分开了,不要再试图破镜重圆。或许您会藐视我,而现在您只能仇恨我。"

"不,玛格丽特,"我嚷道,同这个女人一接触,我觉得我所有的爱情和愿望都复苏了,"不,我会忘掉一切,我们会像以前海誓山盟的那样幸福美满。"

玛格丽特怀疑地摇摇头说:

"难道我不是您的奴隶,您的狗吗?随您怎么处置我,占有我吧,我是属于您的。"

她脱掉外套和帽子,扔在长沙发上,突然解开连衣裙的上身搭扣,由于她的病情常有的一种反应,仿佛血从心口直往头上涌,使得她透不过气来。

一阵嘶哑的干咳随之而来。

"叫人去告诉我的车夫,"她接着说,"把我的马车驶回去。"

我亲自下楼去打发车夫。

当我回来的时候,玛格丽特躺在炉火前面,冷得牙齿格格直响。

我把她抱在怀里,替她脱衣服,她一动不动,我把浑身冰凉的她抱到我的床上。

于是我坐在她身旁,力图用我的温存使她暖和起来。她对我一言不发，只是对我微笑。

噢！这是不同寻常的一个夜晚。玛格丽特的生命似乎全部倾注在她给我的狂吻里。我是那么爱她，以致在我狂热的爱情袭来之际，我一度寻思是不是杀死她，让她永远不属于别人。

一个人的肉体和心灵都像这样爱上一个月的话，就只能剩下一副躯壳了。

天亮时，我们俩都醒了过来。

玛格丽特面如土色。她默不作声。大颗的泪珠不时地从眼眶滚落在面颊上，像钻石一样闪烁有光。她疲软无力的手臂时不时张开，想抱住我，又无力地垂落在床上。

一时之间我以为可以忘却离开布吉瓦尔以来的往事，我对玛格丽特说：

"我们一走了之，离开巴黎，你肯吗？"

"不，不，"她几乎恐惧地对我说，"我们会倒霉透顶的，我再也不能使你幸福，但是，只要我还有一口气，你就可以随心所欲地对待我。只要你需要我，不管白天黑夜，你就来吧，我是属于你的。可是别再把你我的前途联结在一起，这样你会非常倒霉的,也会使我非常不幸。

"我暂且还是一个漂亮的姑娘,好好享用吧,但是不要再苛求我了。"

她走了以后,我感到孤单寂寞,一阵恐慌。她走了已有两个小时,我还是坐在她已离去的床上,凝视着保留她脑袋形状的皱褶的枕头,一面寻思在爱情和嫉妒之间我会变得怎么样。

下午五点钟,我来到昂坦街,也不知道我到那里去干什么。

给我开门的是纳尼娜。

"夫人不能接待您。"她窘迫地对我说。

"为什么?"

"因为德·N伯爵先生在这里,他不让我放任何人进去。"

"不错,"我期期艾艾地说,"我忘记了。"

我像个醉汉一样回到家里,您知道我在嫉妒得发狂的一刻做了些什么?这一刻足以让我做出不光彩的事,您知道我做了些什么?我想,这个女人在嘲弄我,我想象她在跟伯爵幽会,不让别人打搅,她在重复昨天夜里对我说过的话。于是我拿了一张五百法郎的钞票，写了下面几个字，一起给她送去：

今天早上您走得太匆忙了，我忘记付钱给您。
这是您的过夜费。

这封信送走以后，我离开了家，仿佛想逃避做了这件卑劣的事一时出现的内疚一样。

我来到奥林普家，看见她在试穿连衣裙，当只有我们两个人的时候，她给我唱些淫秽歌曲，让我消遣。

她是一个不知羞耻、没有心肝、缺乏头脑的妓女典型，至少对我来说是这样。因为或许有个男人跟她做过美梦，就像我跟玛格丽特做过美梦一样。

她问我要钱，我给了她，于是我可以走了，便回到自己家里。

玛格丽特没有给我回信。

用不着跟您说，第二天白天我是在怎样激动不安之中度过的。

六点半，一个脚夫给我送来一封信，里面装着我那封信和五百法郎的钞票，多一句话也没有。

"是谁把这封信交给你的？"我问这个人。

"一位太太，她同女仆一起坐上到布洛涅①的邮车走了，她吩咐我等邮车离开院子之后才去送信。"

我赶到玛格丽特家里。

"夫人今天六点钟动身到英国去了。"门房回答我说。

无论恨还是爱，没有什么能使我留在巴黎。我被所有这些打击搞得精疲力竭。正好我的一个朋友要到东方去旅行，我便去信告诉父亲，我也想陪朋友一起去。父亲给了我一些汇票和几封介绍信，八到十天以后，我在马赛上了船。

在亚历山大②，我从大使馆的一个随员那里获悉这个可怜姑娘的病况。我曾在玛格丽特家里见过这个随员几面。

于是我给她写了一封信，她回了信，我在土伦③收到了，这封回信您已见过。

---

① 布洛涅，法国第一大渔港，濒临英吉利海峡。
② 亚历山大，埃及第二大城市的主要港口。
③ 土伦，法国两大军港之一，濒临地中海。

我马上动身回来，以后的事您都知道了。

现在，您只要读一下朱丽·迪普拉交给我的那些日记就行了，这是我刚才给您所讲的故事不可缺少的补充。

二十五

　　阿尔芒的这个长篇叙述，经常被哭泣所打断。他讲得很疲惫，把玛格丽特亲手写的日记交给我以后，他将双手按住脑门，闭上眼睛，要么在思索，要么想睡觉。

　　过了片刻，一阵有点急促的呼吸声向我证明，阿尔芒睡着了，但是他只打个盹儿，轻微的响声就会把他惊醒。

　　下面是我看到的日记，我转录如下，不增加也不改动一个音节：

　　　　今天是十二月十五日。我已经有三四天不舒服了。今天上午我赖在床上，天色阴暗，我怏怏不乐。我身边一个人也没有，我想念您，阿尔芒。而您呢，在我写下这几行字的时候，您在哪里？有人告诉我，您远离巴黎，在遥远的地方，或许您已经忘记了玛格丽特。总之，愿您幸福，我一生中仅有的欢乐时刻都是您给的。

给您解释我的行为的愿望，我再也不能抵挡了。我已经给您写过一封信。但是，一封由我这样的姑娘写出的信，很可能被看作满纸谎言，除非死亡能使这封信神圣化，又除非这不是一封普通的信，而是一篇忏悔录。

今天我病了。我可能就这样病死，因为我始终预感到我年纪轻轻就会死去。我的母亲是生肺病死的，至今我的生活方式只能加重我的病——这是她留给我的唯一遗产。我不愿意就此辞世，而不让您了解我的所作所为，万一您要回来，还在关心那个您离开之前爱过的可怜姑娘的话。

下面就是这封信的内容，我很乐意再写一遍，为的是给我的辩解一个新的证明：

您还记得吧，阿尔芒，你父亲的到来使我们在布吉瓦尔十分惊慌。您还记得他的到来引起我不由自主的恐惧吧，您还记得那天晚上您讲给我听，在您和他之间发生的龃龉吧。

第二天，正当您去了巴黎，左等右等您的父亲，总不见他回来。这时，却有一个人来找我，交给我一封迪瓦尔先生的信。

这封信我附在这里，它用极其严肃的措辞请求我第二天借故支开您，以便接待您的父亲。他有话要对我说，特别嘱咐我决不要把他的行动告诉您。

您记得吧，在您回来以后，我再三坚持，劝您第二天再到巴黎去。

您走了一小时以后，您的父亲就来了。他严峻的脸给我的印象，我就不用对您多说了。您的父亲满脑子旧观念，认为凡是妓女都是没有心肝，没有理智的人，是一种榨钱机器，就像钢铁铸成的机器一样，随时都会把递东西给它的手轧断，毫不留情，不分青红皂白地粉碎保养它和使用它的人。

先前您的父亲给我写了一封非常得体的信，要我同意接待他。但他来了以后却不像他信上所写的那样客气。开头几句话他就相当傲慢，盛气凌人，甚至带着威胁。我只得让他明白，这是在我家里，只是由于我对他的儿子怀有真挚的爱情，我才把我的生平讲给他听。

迪瓦尔先生稍微平静了一些，然而他开始告诉我，他不能再容忍他的儿子为我倾家荡产。他说我长得漂亮，这是不错的，但是，不管我多么漂亮，我也不应该利用我的姿色去挥霍无度，就像我现在这样，去牺牲一个年轻人的前途。

对这番话，只能用一点来回答，是不是？这就是提出证据，自从我做了您的情妇以来，我要忠实于您，向您要钱又不超出您的经济能力，为此不惜做出任何牺牲。我拿出当票，有些我不能典当的东西我卖掉了，我把买主的收条也拿出来。我告诉您的父亲，我已下了决心变卖家具来还债，同您一起过日子，又不要给您过重的负担。我讲给他听我们的幸福，还有您透露给我的我们将来要过的更平静、更快乐的生活。他终于向事实屈服了，向我伸出手来，要我原谅他开始见我时的态度。

然后他对我说：

"那么，夫人，我就不再用指责和威胁，而是用恳求，力图使您再做出牺牲，这种牺牲比您已经为我的儿子做出的牺牲还要大。"

听了这个开场白，我颤抖不已。

您的父亲走近我，握住我的双手，用亲切的口吻继续说：

"我的孩子，我下面对您说的话，您不要往坏里想。不过您要明白，生活对于心灵有时会提出残酷的要求，但是必须逆来顺受。您是善良的，您的心灵有一些宽厚的品质，是许多女人所缺乏的。她们兴许蔑视您，但却比不上您。不过要想到，一个人在情妇之外还有家庭，除了爱情之外还有责任，在爆发激情的年龄之后，紧接而来的是成熟的年龄，那时，为了受到尊敬，一个人需要稳固地占住一个过得去的地位。我的儿子没有多少家产，但他却准备把他母亲的遗产让给您。即使他接受了您即将做出的牺牲,他也会出于荣誉和尊严把这笔让与作为交换。这笔财产能使您永远避免捉襟见肘的生活。但是对您的牺牲,他不能接受,因为世人不了解您,会认为接受您的牺牲是出于一个不光彩的原因,以致玷辱我家的门楣。人们不看阿尔芒是不是爱您,您是不是爱他,这种相互之间的爱情对他是不是幸福,对您是不是恢复名誉。人们只看到一件事,就是阿尔芒·迪瓦尔能忍受一个受人供养的姑娘——我的孩子,请原谅我不得不对您无所讳言——为他卖掉她拥有的东西。随后,责备和悔恨的日子就会来到,请相信这一点,对您和对别人都一样。你们两人套上了一条锁链,你们怎样也砸不碎。那时候你们怎么办呢?你们的青春浪费掉了,我儿子的前程被断送了。而我呢,作为他的父亲,我本来期待我的两个孩子的报答,却只能指望一个孩子了。

"您年轻漂亮,生活会给您宽慰。您是高尚

的，您回忆起做过一件好事，会赎回许多往事的过错。自从阿尔芒认识您的半年以来，他已经把我遗忘了。我给他写过四封信，他一次都没有想过给我回信。可能我死了他还不知道呢！

"阿尔芒那么爱您，不管您怎样下决心生活得跟过去迥然不同，他也不会因他的清贫而让您过深居简出的生活，而且这种生活跟您的美貌是不相配的。那时候，谁知道他会干什么呢！他赌钱，这个我知道；他对您只字不提，这个我也知道；但是，他很可能在兴奋的时候输掉一部分我多年来积攒的钱，这些钱是为了替我女儿置嫁妆的，也是为了他，同时为了我能安度晚年。还得未雨绸缪，应付意外事故。

"另外，您确信您为他而离开的那种生活不会再度吸引您吗？您爱过他，但您确信决不爱别人吗？随着年龄增长，如果雄心勃勃取代了爱情的美梦，你们的关系就会给您情人的生活带来束缚，也许您无法给他安慰，难道您不觉得痛苦吗？您要考虑这一切，夫人。您爱阿尔芒，您就只能用这种方式向他证明您的爱情：即牺牲您的爱情，成全他的前途。现在还没有发生什么不幸，但是以后会发生的，或许比我预料的还要严重。阿尔芒会嫉妒爱上您的男人，他会向这个人挑衅，两人会决斗，最后他有可能被杀死。您想想，面对这个要您为他儿子的生命负责的父亲，您会多么无地自容。

"总之，我的孩子，把一切和盘托出吧，因为我还没有把一切都告诉您。您要知道我来巴黎的原因。我有一个女儿，刚才我对您说过了，她年轻漂亮，像天使一样纯洁。她在恋爱，她同样也把这爱情当成她一生的美梦。我把这一切都写信告诉了阿尔芒，但是，他一门心思在你身上，不给我回信。现在我的女儿就要结婚了。她嫁给她所爱的男人，踏入一个体面的家庭，这个家庭希望我家一切也都体体面面的。一旦我未来女婿的家庭知道了阿尔芒在巴黎是怎样生活的，就会向我宣称，如果阿尔芒继续这样生活下去，就要收回婚约的许诺。一个女孩子的前途掌握在您的手里,可她丝毫没有伤害过您,而且她有权指望前途美好。

"您有权利或者感到自己有力量去破坏她的前途吗?考虑到您的爱情和悔恨,玛格丽特,把我女儿的幸福赐给我吧。"

我的朋友,我一面听着这些见解,一面在无声地饮泣。我也时常这样思考,如今出在您父亲的口中,就更加显得是实实在在的。我在想着所有那些您的父亲多少次到了嘴边却又不敢对我直说的话:我毕竟只是一个受人供养的姑娘,不管我讲得多么有理,我们的关系看来总是像一种自私的打算。我过去的生活不容许我去梦想这样的未来,而且我要对我的生活习惯和名誉所造成的后果承担责任。总之,我爱您阿尔芒。迪瓦尔先生对我说话那种慈父般的方式,他在我身上激起的圣洁感情,我期望赢得信任的这个正直老人对我的尊敬,还有我确信以后会得到的您的尊敬,这一切在我心中唤起了崇高的思想,这些思想使我感到自己的价值,并且使我产生从未有过的圣洁的自豪感。我想到，有朝一日这个为了他儿子的前途向我哀求的老人，会告诉他的女儿，把我的名字作为一个神秘的朋友的名字来祈祷，这时，我就换了一个人，对自己感到非常骄傲。

一时的亢奋可能夸大了这些印象的真实性，但这就是我的真情实感，朋友。回忆起和您一起度过的幸福日子，曾使我产生一些想法，但是这种新的感情又把这些想法都压下去了。

"好吧，先生，"我抹着眼泪对您的父亲说，"您相信我爱您的儿子吗？"

"相信。"迪瓦尔先生对我说。

"是一种无私的爱情吗？"

"是的。"

"您相信我曾经把这爱情看作我生活的希望、梦想和安慰吗？"

"完全相信。"

"那么，先生，就像抱吻您的女儿那样抱吻我一次吧，我向您发誓，这一吻是我得到的唯一真正圣洁的吻，会给我战胜爱情的力量。一星期以内，您的儿子就会回到您身边，说不定他要难过一段时间，但是会一劳永逸地治好创伤。"

"您是一位高尚的姑娘，"您的父亲吻了我的前额，回答说，"您要做的事，天主会重视的。但是我非常担心您得不到我儿子的同意。"

"噢！放心吧，先生，他最终会恨我的。"

从此我们之间必须筑起一道不可逾越的障碍，为了您，也为了我。

我写信给普吕珰丝，我接受德·N伯爵先生的提议，让她告诉伯爵，我将和他们两人一起吃夜宵。

我封好信，没跟您父亲说里面写了些什么，我请他到了巴黎叫人按地址把信送去。

但是他问我信里写了些什么。

"关系到您儿子的幸福。"我回答他说。

您的父亲最后又抱吻了我。我感到有两滴感激的眼泪落在我的脑门儿上，就像对我以前的过错的洗礼那样。在我刚同意委身于另一个男人的时候，想到用这个新的错误去赎回前您，我自豪得神采奕奕。

这是情理中事，阿尔芒。您对我说过，您的父亲是世界上最正直的人。

迪瓦尔先生坐上马车走了。

但我是个女人，当我重新见到您以后，我禁不住哭泣，不过我没有表现出软弱。

今天我病倒在床上，也许要到死才能离开这张床。我在想："我做得对吗？"

随着我们不可避免要分离的时刻临近了，我的感情流露您是目睹的。您的父亲已经不再在场，此时需要扶持我一把。想到您就要怨恨我、蔑视我，我是多么惶惶然啊！我一度几乎要向您和盘托出。

有一件事您也许不相信，阿尔芒，就是我祈求天主给我力量。能证明它接受了我的牺牲的是，它给了我祈祷的力量。

在吃夜宵的时候，我仍然需要帮助，因为我不想知道自己即将做什么，我多么害怕我会失去勇气啊！

有谁会相信我，玛格丽特·戈蒂埃一想到有个新情人，会多么痛苦呢？

我借酒来忘掉一切，第二天当我醒来的时候，我睡在伯爵的床上。

这就是全部事实真相，朋友，请您评判吧，而且原谅我吧，就像从那天起您伤害我的一切，我已经原谅了您一样。

二十六

在那决定命运的一夜以后所发生的事,您跟我一样清楚,不过,您不知道,也预料不到的是,我们分手以后我所忍受的痛苦。

我知道您的父亲把您带走了,但是我怀疑您能长期远离我生活下去。那天我在香榭丽舍大街遇到您,我很激动,但是并不感到惊讶。

于是迎来了一连串日子,每一天您都给我一种新的侮辱,我近乎快乐地一一接受下来,因为除了这种侮辱证明了您始终爱我以外,我觉得您越是折磨我,在您知道真相那一天,我在您的眼里就越是崇高。

不要对这种苦中作乐感到惊讶，阿尔芒，您以前对我的爱情已经打开了我的心扉，使我能容纳崇高的激情了。

但我不是马上变得这样坚强的。

在我为您做出牺牲和您回来之间，有一段相当长的时间，在此期间，我需要求助于肉体疲劳，免得自己发疯，而且沉溺在我投入的生活之中。普吕玛丝不是对您说过，我参加一切晚会、舞会和欢宴吗？

我多么希望由于纵情欢乐而迅速自毙，而且我相信，这个希望很快就会实现。我的身体势必越来越坏。在我打发杜韦努瓦太太来向您求饶那天，我已经身心交瘁。

阿尔芒，我不想向您提起，我最后一次给您证明我的爱情，您是怎样报答我的，您又是用什么样的侮辱把这个女人赶出巴黎的。这个来日无多的女人，在您向她要求一夜之欢时，无法拒绝您的召唤声。她像一个失去理智的人那样，一时以为她能将过去和现在焊接在一起。您有权利做您做过的事，阿尔芒：别人并非总是付给我那么高的过夜费的。

于是我将一切弃之不顾！奥林普在德·N先生身边代替了我，有人对我说，她已经自告奋勇地把我离开巴黎的原因告诉了他。德·G伯爵在伦敦。他这种人对同我这样的姑娘调情相当看重，为的是能有愉快的消遣。他和跟他相好过的女人总是保持朋友关系，既不怀恨在心，也从不争风吃醋。总之他是一位阔老爷，他向我们打开心灵的一角，但是他的钱包是向我们敞开的。我立即想到了他。我去找到他。他非常周到地接待我，但是他在那边有一个情妇，是个上流社会的女人。他生怕同我的关系招惹是非，于他不利。他把我介绍给他的朋友们，他们请我吃夜宵，然后，其中一个把我带走。

您叫我有什么办法呢，我的朋友？

自杀吗？您的一生本应是幸福的，但这样一来就要引起不必要的内疚。再说，一个快要入土的人何必要自杀呢?

  我变成了没有灵魂的躯壳,没有思维的东西。我行尸走肉般过了一段时期,然后回到巴黎,打听您的消息。于是我知道您动身长途旅行去了。再没有什么支持着我。我的生活又恢复到两年前我认识您时那样。我试图把公爵再拉回来,但是我过于粗暴地伤害过这个人,老年人是没有耐心的,无疑因为他们发觉他们不是长生不老的。我的病日益严重,我脸色苍白,神情忧郁,越发瘦骨嶙峋。出钱去买爱情的男人在取货之前先要看看货色。在巴黎有的是比我健康,比我丰腴的女人。大家有点把我遗忘了。这就是直至昨天的情况。

  现在我完全病入膏肓了。我写信给公爵,问他要钱,因为我囊中羞涩,债主们纷至沓来,争先恐后,毫无怜悯心地给我带来了账单。公爵会给我回信吗?您却不在巴黎,阿尔芒!您会来看我的,您的拜访会带给我安慰。

十二月二十日

天气恶劣,开始下雪,我孑然一身。三天以来我在发高烧,无法给您写片言只语。没有什么新情况,我的朋友。每天我都对收到您的信寄予朦胧的希望,但是没有来信,恐怕永远不会来了。唯有男人才硬得起心肠不给人宽恕。公爵也没有给我回信。

普吕珰丝又开始跑当铺了。

我不停地咯血。噢!如果您见到我的话,我会使您难过的。您待在炎热的天空下,不像我那样整个严冬都压在我的胸口上,那真是幸福。今天,我起来了一会儿,站在窗帘后面,望着巴黎熙熙攘攘的生活,我确信已经跟这种生活一刀两断了。几张熟悉的面孔欢欢喜喜,无忧无虑,迅速掠过街道。没有一个人抬头看一看我的窗口。但有几个年轻人来过,只留下了姓名。记得从前有过一次我在生病,那时您还没有结识我,尽管在我第一次看见您那一天,您曾被我羞辱一番,但是您却每天早上来打听我的病情。眼下我又病了。我们曾在一起度过了半年。一个女人的心能够容纳得下和能够给予别人的爱情,我都给了您。而您远在天边,您在诅咒我,我得不到您的一句安慰话。这是命运促成您这样遗弃我,我确信无疑,因为如果您在巴黎的话,您是不会离开我的床头和我的房间的。

十二月二十五日

我的医生不许我天天写东西。我回首往事确实只会使我的体温升高。但是昨天我收到一封信,这封信使我舒服多了,信中表达的感情比它给我带来的物质援助更让我高兴。因此,我今天可以给您写信。那封信是您父亲寄来的,信是这样写的:

夫人:

我刚刚获悉您生病了。如果我在巴黎的话,我会亲自来探问您的病情。如果我的儿子在我身边的话,我会叫他去了解您的情况。但是我不能离开C城，而阿尔芒又远在六七百法里之外。因此，请允许我简单地写封信，夫人，我非常难过您得了病，请相信我真诚的祝愿，我祝愿您早日恢复健康。

我的一位好朋友H先生会去见您，请您接待他。我托他代办一件事，我焦急地等着事情的结果。

致以最崇高的敬意。

这就是我接到的那封信。您的父亲有一颗高尚的心，您要好好地敬爱他，我的朋友。因为世界上这样值得爱戴的人并不多。这封署上他名字的信，比我们的名医开出的所有药方对我的病都更有效。

今天上午H先生来了。迪瓦尔先生托付给他的微妙使命，似乎使他非常为难。他是专门来代您父亲捎一千埃居给我的。起初我想拒绝，但是H先生对我说，这样拒绝会冲撞迪瓦尔先生。迪瓦尔先生授权他先给我这笔款子，如果我还需要钱的话，他再给我增加。我接受了这笔援助，既然来自您的父亲，这不能算是施舍。如果您回来的时候我已经死了，请把我上面所写的两段话拿给他看，并且告诉他，他好意地给可怜的姑娘写出这封令人宽慰的信，她在写这几行字的时候，流下了感激的眼泪，而且为他向天主祈祷。

           一月四日

  我度过了一些非常痛苦的日子。我以前不知道生病的肉体会使人这样难受。噢！我以往的生活啊！今天我加倍偿还了。

  每天夜里都有人照料我。我透不过气来。我余下的可怜巴巴的日子，要在谵语和咳嗽中度过。

  我的餐室摆满了我的朋友们送来的糖果和各种各样的礼物。在这些人中间，不用说有的希望我以后能做他们的情妇。如果他们看到疾病把我折磨成了什么样子，他们会吓得逃之夭夭。

普吕琊丝用我收到的新年礼物来送礼。

天气寒冷彻骨，医生对我说，如果好天气持续下去，过几天我可以出去走走。

一月八日

昨天我坐上我的马车出门，阳光灿烂。香榭丽舍大街人头攒动。简直可以说是明媚的早春天气。我的周围一片节日气氛。我从来没有想到过，我还能在阳光下找到往日那些使人欢乐、温馨和安慰的氛围。

我几乎遇到了所有的熟人，他们总是那样兴高采烈，总是忙于寻欢作乐。身在福中不知福的人何其多啊！奥林普坐在德·N先生送给她的一辆漂亮马车里经过。她企图用目光来侮辱我。她不知道我同虚荣心已经相距十万八千里了。一个我早就认识的正派小伙子，问我是不是愿意同他一起吃夜宵，他说他的一个朋友非常想认识我。

我凄苦地笑了笑，把我烧得发烫的手伸给他。

我从未见过比他更加大惊失色的脸孔。

四点钟我回到家里，吃晚饭时胃口相当好。

这次出门对我身体有好处。

如果我的病治愈了，那有多好啊！

有些人前一天还感到灵魂孤独，期望在阴沉沉的病房里快些死去，但是看到别人的幸福和活力以后，便产生出想活下去的愿望。

一月十日

这种恢复健康的希望只不过是一种梦想。我又躺倒在床，身上贴满了膏药，使我身上发烫。过去千金难买的身躯，试看今日能值几何呢！

我们必定是前世作孽过多，要么我们死后定要享尽荣华，所以天主才让我们今生历尽所有赎罪的折磨和各种痛苦的考验。

一月十二日

我始终很难受。

德·N伯爵昨天送钱给我,我没有接受。我根本不要这个人的东西。正是由于他,您才没有留在我身边。

噢!我们在布吉瓦尔的日子多么美好啊!那些日子如今安在?

如果我能活着走出这个房间,我一定要去朝拜我们一起住过的那所房子,但是我只能死后被抬着出去了。

谁知道明天我还能不能给您写信呢?

一月二十五日

我已经有十一个夜晚没法安睡了,我憋得透不过气来,我时刻都以为快要死了。医生吩咐不能让我动笔。朱丽·迪普拉看护着我,还允许我给您写下这几行字。这么说,在我离世之前您就不会回来了吗?我们之间的关系就这么永远完结了吗?我觉得如果您回来的话,我就会康复。但又何必康复呢?

一月二十八日

今天早晨我被一阵喧闹声惊醒了。朱丽睡在我的房间里,她冲到餐室。我听到几个男人的声音,她在徒劳地跟他们争吵。她哭着回来了。

他们是来查封的。我对朱丽说,让他们执行所谓的司法任务吧。执达员戴着帽子,走进我的房间。他打开每只抽屉,将看到的东西都登记下来,仿佛没有看见床上有一个垂危的女人。幸亏法律仁慈,总算给我留下了床。

他临走时好不容易才对我说,我可以在九天之内提出反对意见,但是他留下了一个看守!天啊,我该怎么办呢!这个场面使我的病加重了。普吕珰丝想问您父亲的朋友要钱,我反对这样做。

今天上午我收到您的信。我盼望已久了。您能及时收到我的回信吗?您还来看我吗?这是幸福的一天,使我忘记了六个星期以来我度过的所有日子。尽管我给您写回信的时候心情悲哀,但是我觉得好受一些了。

总之，人总不会永远不幸。

我想，有可能我死不了，您回来了，我能再一次看到春天来临，您仍然爱我，我们重新开始去年的生活！

我简直要发狂了！我几乎握不住笔了，我正在给您写下我心中这种疯狂的梦想。

无论发生什么事，我仍然深深地爱您，阿尔芒，如果我没有爱情的回忆和重见您在我身旁的渺茫希望支持着我，我可能早已不在人世了。

二月四日

德·G伯爵回来了。他的情妇欺骗了他。他情绪非常低沉，他非常爱她。他来我家把这一切告诉了我。可怜的年轻人事业经营得相当糟糕，使他无法打发掉执达员和看守。

我同他谈起您，他答应我向您谈谈我的近况。这时我居然忘记我做过他的情妇，而他也竭力让我完全忘掉！他的心地真好。

昨天公爵派人来了解我的病情，今天早上他来了。我不知道这个老头是怎样活下来的。他在我的身边待了三个小时，没有跟我讲几句话。当他看到我脸色这样惨白的时候，两大颗泪珠从他的眼眶掉下来。大概他想到女儿的死才掉泪的。

他就要看到她第二次死了。他伛偻着背，耷拉着脑袋，嘴唇下垂，目光黯淡。岁月和痛苦以加倍的负荷压在他衰竭的身体上。他没有责备我一句。甚至可以说他看到病魔对我的摧残而暗暗地幸灾乐祸呢。我年纪轻轻，已经被病痛压垮了，他看来对自己能够站立而扬扬得意。

坏天气又来临了。没有人来看我。朱丽尽心尽力地照料我。我不能再像以前那样给普吕珰丝那么多钱，她开始借口有事避开了。

来了好几个医生，这证明我的病加重了。既然我的死期已近，我几乎后悔听了您父亲的话。如果我早知道我在您的未来生活中只占一年时间，我可能抵挡不住跟您度过这一年的愿望,至少我会握住朋友的手死去。如果我们一起度过这一年,我不会这么早离世,这倒是真的。

天主的意愿是不可违拗的!

二月五日

噢!来吧,阿尔芒,我难受得要命,我要死了,我的天哪。昨天我多么愁肠百结,我竟不想待在家里,而在别的地方度过晚上,这一晚有可能像前一晚那样漫长。上午公爵来过。看到这个被死神遗忘了的老头,我觉得就像在催我快点儿死掉。

虽然我发着高烧,我还是叫人给我穿好衣服,乘车来到沃德维尔剧院。朱丽给我涂了胭脂口红,否则我就像一具僵尸一样。我来到第一次跟您约会那个包厢。我全部时间都盯着那一天您坐的那个座位,而昨天那里却坐着一个乡巴佬,一听到演员俗气的插科打诨,他就哈哈大笑。把我送回家时,我已经半死不活。我整夜在咳嗽和咯血。今天我不能说话，只能勉强动动胳膊。天哪！天哪！我要死了。我已经预料到了，但是我无法适应要忍受超过我承受能力的痛苦，如果……

从这个字开始，玛格丽特尽力写下的几个字难以辨认。继续记日记的是朱丽·迪普拉。

二月十八日

阿尔芒先生：

  自从玛格丽特要去看戏那一天以来，她的病情日益沉重。她已完全失声，然后四肢不能动弹。我们可怜的朋友所忍受的痛苦难以言状。我不能适应这种激动，我的恐惧持续不断。

  我多么希望您能在我们身边啊！她几乎总是在说谵语，但是，不管是在说胡话还是在清醒的时候，只要她能说出几个字来，那总是您的名字。

  医生告诉我，她活不长了。自从她病重以后，老公爵没有再来过。

他对医生说,这种景象太令他难受了。

杜韦努瓦太太为人不怎么样。这个女人一向几乎全靠玛格丽特生活,她以为能在玛格丽特身上搞到更多的钱。她欠下一些债,无力偿还。她看到自己的邻居已毫无用处以后,甚至不来看玛格丽特。大家都抛弃了她。德·G先生受到债务追逼,不得已又动身去伦敦。临走时,他给我们送了些钱来,他尽力而为了。但是又有人来查封,债主们只等着她死,以便进行拍卖。

我本想用我的最后一点积蓄来阻止查封,但是执达员对我说,这无济于事,他还要执行其他判决。既然她快要死了,还不如放弃一切,何必为她那不想见到又从来没有爱过她的家庭保全这些东西呢。您无法想象可怜的姑娘如何在金玉其外、败絮其中的环境里撒手人寰。昨天,我们已经一文不名了。餐具、首饰、披巾,全都当掉,其余的不是卖掉,就是查封了。玛格丽特还意识到她周围发生的事,她肉体上、精神上和心灵上都在忍受痛苦。大颗眼泪滚下她的脸颊。她的脸非常瘦削,非常苍白,如果您能够见到她的话,您也认不出这是您过去的意中人的面庞。她要我答应在她不能书写时给您写下去,现在我就在她面前写日记。她望着我这边,但是她看不到我,她的目光已经被即将降临的死神蒙住了。可是她在微笑,我能断定她的全部心思和整个灵魂都寄托在您身上。

每次有人开门,她的眼睛就闪出光束,她总是以为您要进来了。当她看到来人不是您的时候,她的脸又恢复痛苦的神情,被冷汗沾湿了,面颊变得鲜红。

二月十九日,午夜

今天这个日子是多么凄惨啊,可怜的阿尔芒先生!今天上午玛格丽特憋得透不过气来,医生给她放了血,她才回过一些声气来。医生劝她请一个教士,她同意了。医生亲自去圣罗克教堂请来一个神父。

其间，玛格丽特把我叫到她的床边，请我打开她的大柜，指着一顶便帽、一件镶满花边的长衬衫，声音微弱地对我说：

"忏悔之后我就要死了，那时候您给我穿上这些东西：一个垂死的女人这样打扮好些。"

然后她哭泣着拥抱我，她又说：

"我能讲话，但是讲话时我憋得慌，我憋得透不过气来！我要透气！"

我泪如泉涌，我打开窗户，过了一会儿，教士进来了。

我向他迎上前去。

待他知道是在谁家以后，他看来担心受到冷遇。

"大胆地进来吧，神父。"我对他说。

他在病人的房间里只待了一会儿，出来时他对我说：

"她这辈子过的是罪人的生活，但是她死的时候是个基督徒。"

过不多久他又回来了，有个侍童陪他一起来，侍童擎着一个耶稣受难十字架，还有一个圣器室管理人，他摇着铃走在他们前面，表示天主来到了临终者的家里。

他们三个走进了卧室，以前这里响起多少奇谈怪论，眼下变成了一个圣体龛。

我跪了下来。我不知道这个景象给我的印象持续了多久，但是我相信，迄今为止，人世间还没有发生过使我留下如此深刻印象的事情。

教士在危重病人的脚、手和脑门上涂了圣油，背诵了一小段祈祷文，玛格丽特已准备好升天，如果天主看到了她生前的磨难和死时的圣洁，她无疑可以进天堂。

从这时起，她一言不发，动也不动。多少次我以为她死了，如果我不是听到她竭力在呼吸的话。

二月二十日，傍晚五点钟

一切都结束了。

玛格丽特在昨夜凌晨两点钟左右进入弥留状

态。从她发出的叫喊声来判断,从来还没有一个病人忍受过这样的折磨。有两三回她笔直地坐在床上,仿佛她想抓住正在升天的生命似的。

还有两三次她说着您的名字,然后一切又归于沉寂无声,她精疲力竭地倒在床上。从她的眼睛里流出了默默无声的眼泪,她离开了人世。

于是我走近她,呼唤她,由于她不回答,我合上她的眼睛,抱吻她的额角。

可怜的、亲爱的玛格丽特啊,但愿我是一个圣洁的女人,让这一吻把你托付给天主。

然后,我按照她的请求给她穿戴好,我到圣罗克教堂去找一个教士,我为她点了两支蜡烛,我在教堂里为她祈祷了一个小时。

我把她剩下的一点钱施舍给了穷人。

我对宗教并不在行,但是我想,天主会承认我的眼泪是真挚的,我的祈祷是热诚的,我的施舍是真心实意的。天主会怜悯她,她死时年轻貌美,只有我为她合上眼睛,为她送葬。

二月二十二日

今天举行葬礼。玛格丽特的许多女友都来到教堂。有几个真诚地哭泣了。当送葬行列向蒙马特尔公墓走去的时候，只有两个男人跟在后面，一个是德·G伯爵，他特地从伦敦赶来；另一个是公爵，他由两个跟班搀扶着。

我是在她家里，噙着眼泪，在灯光下把全部细节写下来告诉您的。在惨淡地燃烧着的灯光旁边，放着一顿晚饭，正如您想象的那样，我一点没碰。但是纳尼娜还是吩咐下人做出来，因为我有二十四小时以上没有吃东西了。

我无法长期保留这些阴惨惨的印象，因为我的生命不再属于我，就像玛格丽特的生命不属于她一样，因此我就在发生这些事情的地方，把这些事原原本本地告诉您，生怕时间一长，我在您回来的时候无法把这些惨象确切地讲给您听。

二十七

"您看完了吗?"当我看完这些手稿以后,阿尔芒问我。

"如果我读到的全是真实的话,我的朋友,我明白您一定忍受了摧肝裂肺般的痛苦!"

"我父亲在一封来信中给我证实了这一切。"

关于这个女子寿终正寝的悲惨命运,我们又谈论了一会儿,然后我回到家里休息一下。

阿尔芒始终很悲伤,但是讲述了这个故事以后,心情轻松了一些。他很快恢复过来,我们一起去拜访了普吕珰丝和朱丽·迪普拉。

普吕珰丝刚刚破了产。她对我们说,是玛格丽特害得她破产的,玛格丽特生病期间,向她借了很多钱,因此她开了一些无法偿还的期票,玛格丽特死时没有还给她钱,由于没有给她收据,所以她算不上债权人。

杜韦努瓦太太到处散布这种无稽之谈,为她的买卖亏本找托词。靠了这种说法,她从阿尔芒那里捞到一张一千法郎的钞票。尽管阿尔芒不相信她的话,但是他宁愿装出信以为真的样子,他对一切接近过他的情妇的人都非常尊敬。

随后我们来到朱丽·迪普拉家里,她向我们叙述了她亲眼看见的悲惨经过,回忆起她的女友,不禁潸然泪下。

最后,我们来到玛格丽特的坟墓前面,四月的阳光催开了新绿的树叶。

阿尔芒只剩下最后一件职责要做,这就是去见他的父亲。他还希望我陪他去。

我们来到C城,在那里我见到了迪瓦尔先生,他就像他儿子给我描绘过的那样:高大、威严、和蔼。

他含着幸福的眼泪迎接阿尔芒,亲切地同我握手。不久,我发现在这个收税员身上,父爱凌驾于其他感情之上。

他的女儿名叫布朗什,眼睛明亮,目光明澈,嘴唇漾出安详，这一切表明她的心灵只孕育圣洁的思想，她的嘴巴只会说出虔诚的话语。看到她哥哥回来，她莞尔一笑，贞洁的少女不知道，一个远离她的妓女，仅仅为了维护她的姓氏，牺牲了自己的幸福。

我在这个幸福的家庭里住了一段时间，全家人都把心思放在这个归来时心灵的创伤刚平复了的长子身上。

我回到巴黎，像我所听到的那样写下这篇故事。这篇故事只有一个可取之处，就是真实可信，这一点或许会引起争议。

我并没有从这个故事中得出这个结论：凡是像玛格丽特那样的妓女都能够做出她那样的事，远非如此，但是我知道她们当中的一位在她的一生中有过一次顶真的爱情，她为此受尽磨难，直至死去。我把我听到的事讲给读者听。这是一种责任。

我不是在宣扬邪恶堕落，但是，只要我听到品格高尚的不幸者在祈求，我就要为他们大声疾呼。

我再说一遍，玛格丽特的故事是罕见的。可是，倘若这类故事司空见惯的话，那就用不着写下来了。